KB273173

독도의 눈물

—총성없는 전쟁

독도의 눈물

— 총성없는 전쟁

박 희 권 장편소설

21세기북스

일러두기

1. 본 작품은 작가의 경험에서 영감을 받아 창작된 소설(Fiction)이다. 이 작품에서 묘사된 사건이나 배경, 등장인물은 작가의 개인적인 경험, 감정, 관찰 등에서 영감을 얻었을 뿐 모두 작가의 상상력에 의해 창조된 허구다. 따라서 소설 속 내용이 특정 개인에 대한 사실을 묘사하거나 개인적, 사실적 평가가 될 수 없음을 밝힌다.

2. 참고문헌은 뒤에 실었다.

차 례

■ 작가의 말 / 7

프롤로그 한밤의 통화 / 10

제1장 도쿄의 덫 / 13

제2장 잘못된 이름(misnomer) / 23

제3장 미국의 촉수 / 31

제4장 높아지는 파고 / 38

제5장 국권 침탈의 역사 / 50

제6장 하나님의 음성 / 57

제7장 치밀한 일본의 협상술 / 64

제8장 일본의 노림수 / 70

제9장 양날의 칼, 관할권 배제선언 / 76

제10장 벼랑 끝의 결단 / 82

제11장 비극의 서막 -두 번의 변곡점 / 95

제12장 진검승부 -창과 방패의 대결 / 104

제13장 007작전 -대통령의 재가 / 121

제14장 미국의 압박과 한일 협상 / 133

제15장 유엔에서의 첩보전 / 142

제16장 벗겨진 가면 / 151

제17장 아내의 부상 / 158

제18장 폭풍의 눈 ― 대통령의 담화 / 164

제19장 기점 문제의 발단 / 170

제20장 거대한 벽 ―장·차관의 반대 / 188

제21장 대통령의 지시 / 207

제22장 독도 기점 선언 / 212

제23장 동료의 죽음 / 233

에필로그 독도에 서다 / 251

■ 참고문헌 / 263

■ 그림 차례

[그림1] 한일간의 EEZ 경계선/ 20
[그림2] 연안국의 관할구역도/28
[그림3] 독도 주변의 해저 지형/30
[그림4] 우리나라와 일본이 주장하는 EEZ/ 60
[그림5] 위키피디아에 올라 있는 일본의 공식 EEZ 영역/181
[그림6] 한·일이 주장하는 EEZ 경계선/184

군인과 외교관은 공통점이 있다. 바로 존재 이유다. 국민의 안전과 국익을 수호하기 위해 존재한다. 소명(召命)을 달성하기 위해 높은 수준의 전문 지식과 전략적 사고능력이 있어야 하는 점도 비슷하다.

그러나 목표에 이르는 수단은 다르다. 군인은 무력을 사용하여 국가를 방위하고 국민을 보호한다. 외교관은 대화와 협상을 통해 국익을 지킨다. 외교관이 '총을 들지 않는 군인'으로 불리는 이유다. 클라우제비츠는 '전쟁은 다른 수단에 의한 정치의 계속'이라고 했다. 전쟁 또한 외교적 목적을 달성하기 위한 수단이다. 전쟁과 외교는 상반된 개념이 아니다. 국가의 목표 달성을 위한 상호보완적 수단과 다름없다. 전쟁과 외교의 양면성은 한국이 직면하고 있는 '힘의 외교(power diplomacy)'라는 국제정치의 냉혹한 현실에서 극명하게 드러난다.

작가는 약 40년을 외교 전장(戰場)에서 일했다. 뉴욕에서, 도쿄에서, 베이징에서, 제네바에서 국익을 걸고 총성 없는 전투를 했다. 현실은 늘 냉혹했다. 협상장은 국력이 절대적인 무게로 짓누르는 공간이었다. 작가의 전문 지식은 얕고 협소했다. 국제법과 정치·경제 논리를 넘나들며 전략적 그림을 설계하는 데도 서툴렀다. 협상이 끝날 때마다 작가의 가슴은 짙은 회한으로 물들었다.

국력을 충분히 지켜내지 못했다는 무력감에 짓눌릴 때마다 작가는 고려의 서희를 떠올렸다. 그는 거란의 침략 목적이 영토 정복이 아닌 고려와 송의 국교 단절에 있음을 간파한 전략가였다. 보신주의와 무사안일주의에 빠져있던 조정 내부의 거센 반대를 물리치고 거란과 홀로 외교담판을 벌여 강동 6주를 획득한 책임감을 가진 충신이었다. 그의 담대함과 통찰력은 천년 후의 작가에게 격려와 길잡이가 되었다.

작가는 커리어의 많은 기간을 독도 문제와 씨름했다. 소설 속에 나오는 일본의 국제재판소 제소를 막은 것이나 독도 기점 선포는 실제로 있었던 이야기다. 그러나 등장인물이나 상황 묘사는 작가의 상상으로 창조된 허구다. 윈스턴 처칠의 말처럼 진실은 너무나 소중하므로 항상 거짓말이라는 보디가드에 의해 둘러싸여 있어야 한다. 또한 자전적 소설은 본질적으로 편향될 수밖에 없는 함정을 안고 있다. 한 사람의 시각과 경험을 통해 세상을 바라본 기록이기 때문이다.

내재적 한계에도 불구하고 글을 남기고자 한 이유는 분명하다. 작가는 어려운 환경에서도 일치단결하여 조직 내의 압박과 일본의 도발을 물리친 자랑스러운 공직자들의 노고와 헌신을 기록으로 남기고 싶었다. 국가이익이라는 직업정신에 투철했던 당시의 전우들에게 고개 숙여 깊이 감사드린다. 아울러 지금도 소명 의식과 윤리관을 지키며 묵묵히 봉사하는 후배 공직자들에게 작은 격려가 되기를 소망한다. 역사는 언제나 공직자의 어깨 위에서 무거웠고 앞으로도 그럴 것이다. 작가의 경험이 그 길을 걷는 이들에게 위안이 될 수 있다면 그것만으로도 기록의 의미는 충분할 것이다.

2026년 2월

박 희 권

한밤의 통화

2006년 4월 18일 밤 11시, 서울 세종로 외교통상부 청사.

조약국장 박정도는 핏발 선 눈으로 창밖을 응시했다. 서울의 밤은 무심할 정도로 평온했지만, 그의 속은 시커멓게 타들어 가고 있었다. 책상 위에는 식어버린 커피잔과 수북이 쌓인 서류들이 어지러이 흩어져 있었다.

— 따르릉….

적막을 찢는 전화벨 소리에 박 국장의 어깨가 움찔했다. 올 것이 왔다. 그는 떨리는 손을 억누르며 수화기를 집어 들었다.

"국장님, 뉴욕입니다."

수화기 너머 들려오는 목소리는 주유엔대표부 유홍균 서기관이었다. 지구 반대편, 뉴욕은 이제 마천루 사이를 스며 들어오는 아침 햇살과 함께 활기를 되찾을 시간이었다. 이스트 강변에 있는 유엔본부 건물은 회의에 참석하려는 외교관들의 행렬로 분주할 터였다. 박 국장은 마른침을 삼켰다. 목소리가 갈라져 나왔다.

"어떻게 됐어요? 접수는…?"

짧은 침묵이 흘렀다. 찰나의 시간이 영겁처럼 느껴졌다. 만약 이 작전이 실패한다면, 만약 일본이 눈치채고 먼저 선수를 친다면, 독도는 영영 돌아올 수 없는 강을 건너게 된다. 일본이 쳐놓은 '국제법의 덫'에 한국이 스스로 갇히는 꼴이 되는 것이다.

"방금…. 사무국 담당관을 만났습니다."
유 서기관의 목소리에 미세한 떨림이 묻어났다.

“물건(배제선언서) 사본을 넘겼습니다. 원본은 파우치가 오는 대로 내기로 하고요. 접수… 완료했습니다.”

“……!”

박 국장은 의자 등받이에 깊숙이 몸을 파묻었다. 팽팽하게 당겨져 있던 활시위가 탁, 하고 끊어지는 느낌이었다. 전신에서 힘이 빠져나갔다.

“발효는? 발효 시점은 언제예요?”

“오늘 접수했으니, 바로 오늘(4월 18일)부터입니다.”

박 국장은 눈을 감았다. 끝났다. 아니, 이제야 겨우 방패 하나를 손에 쥐었다. 일본은 아직 모른다. 그들이 파놓은 함정의 뇌관을 한국 정부가 방금 제거했다는 사실을.

“고생했어요. 당분간은 극비야. 일본 쪽에 냄새 피우지 마세요.”

전화를 끊은 박 국장은 다시 창밖을 보았다. 어둠 속에 잠긴 서울의 불빛들이 하나둘 흔들려 보였다. 총성 없는 전쟁이 진행되고 있었다. 전쟁의 서막은 며칠 전, 도쿄의 은밀한 회의에서 시작되었다.

제1장

도쿄의 덫

2006년 4월 11일 화요일, 오전 10시, 일본 도쿄 지요다구 나가타초 2-3-1, 총리 관저.

창밖에는 벚꽃이 흐드러지게 피었다. 나뭇가지는 온통 연분홍 구름에 덮여 있고 따스한 봄바람이 불 때마다 수만 개의 꽃잎이 떨어져 분홍빛 융단을 깔았다. 그러나 관저 5층 회의실의 공기는 납덩이처럼 무거웠다. 일본 정·관계의 실세들이 긴 테이블에 둘러앉았다.

회의 주재자는 야마모토 다이치(山本大地) 총리. 사자 갈기와 같은 백발과 날카로운 눈매를 가진 사나이. '괴짜 총리'로 불리지만 정치적 본능만큼은 짐승처럼 예리한 남자다. 그의 오른쪽에는 와타나베 쇼고(渡辺将吾) 관방장관이 앉아 있었다.

50대 초반의 젊은 나이, 그러나 일본 보수 우익의 황태자. 그는 일본 정계에서도 손꼽히는 명문 집안 출신이었다. 외증조부와 외조부가 총리를 역임했다. 친가 쪽도 유력한 정치인 집안이었다. 조부가 재무대신을, 부친은 외무대신을 지냈다. 가문의 배경을 기반으로 그는 자민당 내에서 막강한 실력을 키워가고 있었다. 그는 일본의 재무장을 위한 개헌과 군비 증강을 일관되게 주장했다. 그의 강경한 대외정책과 수정주의 역사관은 한국과 중국 등 이웃 나라의 반발을 초래하고 있었다.

"보고하세요."
단호한 표정의 총리가 짧게 끊어 말했다.
관방장관이 테이블 위에 두꺼운 서류철을 던지듯 내려놓았다.
"한국이 선을 넘었습니다. 첩보에 따르면 한국 정부가 일본해 해저 지명 16곳을 국제수로기구(IHO)에 등재하겠답니다."

은테 안경을 쓴 아베 코헤이(阿部耕平) 외무대신이 거들었다.
"16곳에는 다케시마 인근 해역의 해저에 있는 쓰시마 분지도 포함되어 있습니다. 현재 일본해에는 세 개의 큰 분지가 있는데 바로 일본 분지, 야마토 분지, 쓰시마 분지입니다. 모두 일본식 이름으로 되어 있지요. 쓰시마 분지가 한국 이름인 울릉 분지로 바뀐다면 우리의 다케시마 영유권 주장이 근본부터 흔들리게 됩니다. 또한 여기에서 밀리면 일본해도 한국이 주장하고 있는 동해로 바뀔 가능성이 큽니다….”

외무대신의 말꼬리가 사라지기도 전에 관방장관의 목소리가 날카롭게 끼어들었다.

“이 문제는 본질적으로 다케시마 문제입니다. 단순한 지명 문제가 아니에요. 일본의 영토주권에 대한 명백한 도전입니다. 강경하게 대응해야 해요…. 여기에서 물러서면 한국 정부는 기어오를 겁니다. 저들은 멈추지 않을 겁니다.”

이시카와 고로(石川吾郎) 국토교통부 대신이 관방장관의 말에 기름을 부었다.

“정확한 지적입니다. 한국 강동수 정권의 노림수는 두 가집니다. 하나는 이미 국제적으로 통용되고 있는 쓰시마 분지라는 이름을 지워버림으로써 다케시마를 독도로 굳히는 것, 그리고 또 하나는….”

이시카와는 잠시 뜸을 들이더니 날카로운 눈빛으로 덧붙였다.

“떨어지고 있는 지지율을 반일 감정을 이용해 만회하려는 정치적 수작이죠."

자민당 총재 선거를 코앞에 둔 키쿠치 신이치(菊地伸一) 자민당 간사장이 초조한 기색으로 말했다.

"지금 여론이 좋지 않아요. 우리가 미온적으로 대응할 경우 국민 여론이 자민당에 등을 돌릴 거예요."

여론이라는 단어가 야마모토 총리의 신경을 건드렸다. 그는 찻잔을 들어 입술을 적셨다. 몇 개월 후면 그는 임기를 마치고 사임하게 된다. 총리로서 5년 이상 장기 집권을 했지만, 그는 여전히 높은 지지율을 유지하고 있었다. 한국에 밀리는 모습을 보였다가는 지지율이 곤두박질칠 것이다. 강한 일본을 보여주어야 한다.

"그래서, 구체적인 대응책은 뭔가요?"

관방장관의 입가에 서늘한 미소가 스쳤다. 기다렸다는 듯 그가 준비한 카드를 꺼내 들었다.

"다케시마 해역에 탐사선을 보냅니다."

좌중이 술렁거렸다. 외무대신이 우려 섞인 목소리로 끼어들었다.

"위험해요. 한국이 가만있겠어요? 우리 배가 다케시마 코앞까지 간다면 한국 해경이 가만히 있지 않을 겁니다. 물리적 충돌이 일어날 게 뻔해요. 가뜩이나 살얼음판인 양국 관계가 파탄 날 수도 있고, 자칫하면 무력 충돌로….”

그때까지 침묵하고 있던 다나카 쇼헤이(田中彰平) 방위청 장관이 단호한 어조로 끼어들었다.

“무력 충돌까지는 가지 않을 거예요. 왜냐하면 우리 해상 자위대가 양적, 질적으로 한국 해군을 크게 앞지르고 있어요. 특히, 한국에는 없는 이지스함을 우리는 4척이나 보유하고 있어요. ‘신의 방패’라 불리는 이지스 시스템은 목표물 수백 개를 동시에 탐지·추적할 수 있지요. 이를 잘 알고 있는 한국 정부가 우리를 상대로 전면전을 벌일 수는 없을 겁니다.”

외무대신과 방위청 장관의 말을 듣고 있던 관방장관이 입을 열었다. 귀공자 같은 외모 뒤에 숨겨진 그의 눈빛은 매서운 독수리를 닮아 있었다. 그는 감정을 드러내지 않는 나직한 목소리로 말했다.

“일본해에서 한일 간 물리적 충돌, 그것이 바로 제가 노리는 겁니다. 다케시마는 일본 영토고 우리의 배타적 경제수역(EEZ)은 다케시마와 울릉도 사이의 중간선까지예요. 우리 해상보안청 탐사선이 다케시마 부근 수역에서 해저 탐사를 하는 것은 한국의 다케시마 영유권 주장을 인정하지 않는다는 의미에요. 우리가 탐사선을 보내면 한국은 흥분해서 날뛸 겁니다. 해경을 동원해 우리 배를 막아서겠죠. 나포할 수도 있습니다. 바로 그 순간이 기휩니다.”

확신에 찬 관방장관의 목소리에 힘이 실렸다. 그는 테이블 위의 지도를 손가락으로 짚었다. 독도 주변의 푸른 바다를.

“한국 정부가 우리 탐사선의 진입을 저지할 경우, 해외 언론은 한일 간 분쟁을 집중적으로 보도하게 될 거예요. 이렇게 되면 한국이 불법 지배하고 있는 다케시마가 분쟁지역으로 주목받을 겁니다. 유엔해양법협약(UNCLOS)에서는 정부의 해양 조사선에 물리적 행동을 가하는 것을 인정하지 않고 있어요. 만일 한국 정부가 물리력을 동원해서 탐사를 저지할 경우, 한국의 국제법 위반과 다케시마 영유권 문제가 국제사회의 이목을 집중시킬 겁니다. 더 중요한 것이 있습니다. 한국 대통령의 성격상 무슨 수를 써서라도 탐사선이 독도 주변 수역에 진입하는 것을 막을 겁니다. 나포를 시도할 수도 있습니다.”

그때 관방장관의 눈이 번뜩였다.

“바로 그 순간, 덫이 작동합니다.”

“덫이라니?”

숨 막히는 정적 속에서 탄식이 새어 나왔다.

"한국이 우리 배에 손을 대는 순간, 우리는 유엔해양법협약에 따라 국제해양법재판소(ITLOS)로 이 문제를 가져갑니다. 명목은 '나포 선박의 신속한 석방'이지만, 실질적으로는 다케시마 영유권 문제를 국제 법정의 테이블 위에 올리는 겁니다."

좌중이 술렁거렸다. 관방장관의 계획은 도발적이고 치밀했다. 한국인의 뜨거운 애국심을 역이용해 스스로 국제법 위반의 굴레를 쓰게 만드는 전략. 독도가 분쟁지역임을 전 세계적으로 공인받고 독도를 국제 법정에 세우는 가장 확실한 방법이었다. 관방장관의 눈빛에는 숨길 수 없는 정치적 야망이 이글거렸다. 그는 확신에 찬 목소리로 쐐기를 박았다.

"한국이 감정적으로 날뛸수록 국제 여론은 우리 편입니다. 냉정하게 법적 대응을 하는 우리에게 우호적일 겁니다. 우리는 잃을 게 없습니다."

모든 외교의 출발은 국내 정치다. 관방장관의 탐사선 파견 계획에는 훨씬 복잡한 정략적 판단이 깔려 있었다. 다가오는 9월에는 자민당 총재 선거가 예정되어 있었다. 보수 우경화의 길을 걷고 있는 자민당 내에서 총리가 되기 위해서는 보수 세력을 결집하는 것이 필요했다. 이를 위해서는 한일 관계를 최악의 상황으로 만들고 이를 활용하는 것이 중요하다고 판단한 것이다(실제로 그는 2006년 9월 총리로 취임한다).

해상보안청을 관할하고 있는 국토교통부 대신이 고개를 끄덕이며 말했다.

[그림1] 한일간의 EEZ 경계선

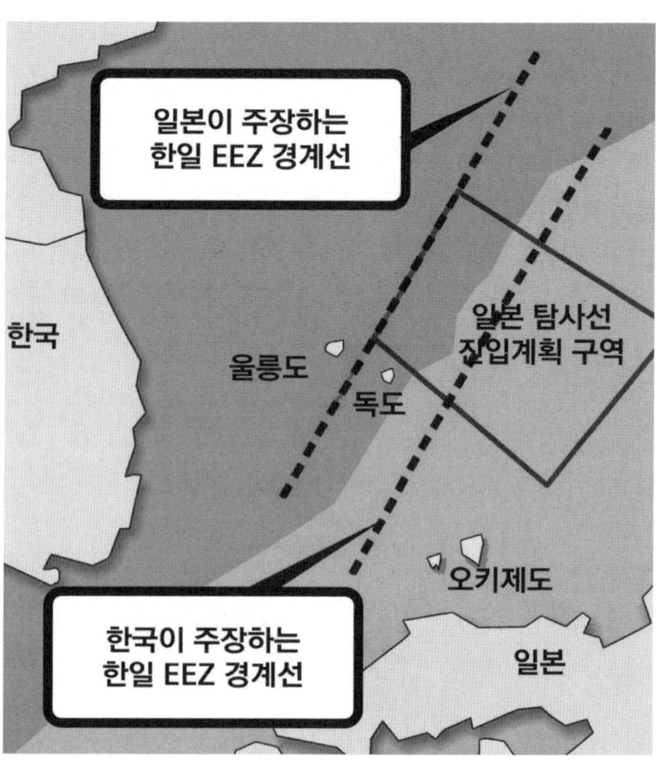

"전적으로 동감합니다. 다른 선택지는 없어 보여요. 관방 장관의 말씀대로 과학적 목적을 위한 해저 탐사는 평화적이고 합법적인 주권 행사입니다. 해상보안청 소속 탐사선 두 척을 보내 탐사하고 순시선은 후방에서 탐사 활동을 지켜보는 것이 좋겠어요. 우리의 합법적 주권 행사이니만큼 탐사계획을 국제수로기구와 한국 정부에 정식으로 통보하는 것이 좋을 것 같아요. 우리가 우리 바다를 조사하러 간다고 말이죠."

침묵 속에 좌중을 둘러보던 야마모토 총리가 마침내 결단을 내렸다.

"좋아요, 그렇게 합시다. 탐사선 두 척을 파견하세요. 단, 냉정하고 빈틈없이 준비해야 해요. 한국이 먼저 총을 뽑게 만드세요."

총리는 잠시 뜸을 들이다 덧붙였다.

"상황이 격화되면 외교 채널을 통한 협상 가능성도 열어둘 필요는 있어요. 하지만 일단 강하게 밀어붙이세요. 외무대신은 미국 정부에 은밀히 통보하고 이해를 구하세요. 오늘 논의된 내용은 당분간 비밀로 하지요."

보수 강경파들로 구성된 관계 장관회의의 결론은 처음부

터 정해진 거나 다름없었다. 정치적 욕망과 영토적 명분이
만나 동해의 파도를 거칠게 일으키고 있었다. 폭풍의 전조였
다.   독도의 눈물

제2장

잘못된 이름(misnomer)

"내가 그의 이름을 불러 주기 전에는 그는 다만 하나의 몸짓에 지나지 않았다. 내가 그의 이름을 불러 주었을 때 그는 나에게로 와서 꽃이 되었다."

김춘수 시인은 노래했다, 무의미했던 몸짓이 '이름'을 얻는 순간, 비로소 생명력을 지닌 '꽃'으로 다시 태어난다고.

이름이란 그런 것이다. 존재의 숨결을 불어 넣는 마법이자, 세상에 자신을 증명하는 유일한 징표다.

지구상 이름이 없는 사물은 없다. 침묵은 예외다. 그것은 불리는 순간 더 이상 침묵이 아니게 되기 때문이다. 그러나 형체를 가진 유형물에는 모두 이름이 있다. 사람, 꽃, 나무,

강아지, 고양이, 로봇, 심지어 벌레까지도. 존재하기 때문에 이름이 있고, 이름으로 기억된다.

사람도 이름으로 존재한다. 자신을 세상에 드러내는 가장 기본적인 수단이다. 이름을 통해 비로소 고유한 빛깔과 향기를 가진 존재로 인정받는다. 이름은 운명이다. 사람은 죽어서 이름을 남긴다는 말처럼 죽어서도 이름으로 기억된다. 그만큼 이름이 중요하다. 갓 태어난 아이의 이름을 지을 때 신중해야 하는 이유다.

한 일본 소녀에 대한 슬픈 이야기가 있다. 이름 때문에 엇갈린 운명을 살아야 했다. 소녀의 이름은 '이네'였다. 부유한 지주의 아들이 그녀에게 반했다. 우여곡절 끝에 부모의 승낙을 받아 결혼식을 위한 준비를 마쳤다. 그러나 혼례 전날 청천벽력 같은 사실이 밝혀졌다. 그녀 이름이 '벼'를 뜻하는 '이네(稻)'가 아니라 '개'를 뜻하는 '이누(犬)'였던 것이다.

"어떻게 사람 이름이 이누(개)란 말입니까?"

비극의 씨앗은 무심한 아버지에게 있었다. 그녀의 아버지는 글을 몰랐다. 그녀가 태어났을 때 아들이 아닌 것에 속이 상해 술을 엄청나게 마셨다. 그러고는 구청 직원에게 혀 꼬인 소리로 내뱉은 말이 화근이었다.

"네코(고양이)든 '이누(개)든 아무렇게나 적어!"

잘못 지어진 이름은 한 사람의 소중한 인생을 송두리째 흔들었다.

잘못된 만남이 상처를 남기듯 잘못된 이름은 상흔을 남긴다. 미국 캔자스 시티 로열스팀에 이름이 리처드 러브레이디(Richard Lovelady)라는 투수가 있었다. 그는 선수로 등록할 때 리처드의 애칭인 딕(Dick)을 썼다. '딕 러브레이디(Dick Lovelady)'라는 이름이 가진 묘한 뉘앙스 탓에 마운드에 오를 때마다 관중들은 배꼽을 잡고 웃었다. 독일 축구 영웅 바스티안 슈바인슈타이거(Bastian Schweinsteiger) 역시 마찬가지였다. 그는 2014년 브라질 월드컵에서 독일이 우승하는 데 결정적인 역할을 했다. 그의 성 슈바인(Schwein)은 돼지, 슈타이거(steiger)는 사육사를 의미한다. 그는 어린 시절 내내 친구들의 놀림감이 되었다.

이처럼 이름은 개인의 존엄과 직결된다. 오늘날 많은 나라에서 부모가 아이의 이름을 지을 때 제약을 가하는 이유가 여기에 있다. 독일, 덴마크, 일본, 뉴질랜드를 비롯한 상당수의 나라에서는 문화, 사회적 관습이나 행정적 편의를 이유로 자녀 이름을 규제한다. 정부가 승인한 이름 목록 중에서 선택하게 하는 나라도 있다. '악마'나 '배설물' 같은 단어를 이름으로 쓸 수 없게 막은 것은, 잘못된 이름이 초래할 사회적 타살을 막기 위한 국가의 배려다.

사람의 이름이 운명이라면, 국가나 도시의 이름은 '역사'이자 '주권'이다. 단순한 호칭을 넘어 땅의 정체성을 규정하기 때문이다. 식민 지배의 사슬을 끊어낸 많은 나라들이 가장 먼저 하는 일이 바로 이름을 되찾는 것인 이유도 여기에 있다.

실론(Ceylon)은 1972년 영국으로부터 독립하면서 스리랑카(Sri Lanka)로 바뀌었다. '빛나는 땅'을 의미한다. 버마(Burma)는 미얀마(Myanmar)로, 네덜란드령 동인도(Dutch East Indies)는 인도네시아(Indonesia)로 바뀌었다. 북로디지아(Northern Rhodesia)는 잠비아(Zambia)로, 남로디지아(Southern Rhodesia)는 짐바브웨(Zimbabwe)로, 자이르(Zaire)는 콩고민주공화국(Democratic Republic of the Congo)으로 바뀌었다.

도시들도 제 이름을 찾았다. 인도의 캘커타(Calcutta)는 콜카타(Kolkata)로, 봄베이(Bombay)는 뭄바이(Mumbai)로 바뀌었다. 노르웨이의 크리스티아니아(Kristiania)가 오슬로(Oslo)로, 사이공(Saigon)이 호찌민 시티(Ho Chi Minh City)로 변경되었다. 우리나라의 수도 역시 변화를 겪었다. 서울의 공식 명칭이었던 한성부(漢城

府)가 일제 강점기에는 일본식 표현인 경성부(慶城府)로 불리었다. 광복 후에야 우리는 비로소 '서울'이라는 아름다운 우리말 이름을 되찾을 수 있었다.

식민 지배의 시대가 끝났으나 세계 각지에는 아직도 지명 논쟁이 진행 중인 곳이 있다. 바로 바다 이름이다. 이란과 아라비아반도 사이에 위치하는 바다 명칭을 두고 오랜 기간 분쟁이 계속되고 있다. 이란은 '페르시아만(Persian Gulf)'을, 이라크, 쿠웨이트, 사우디아라비아, 바레인, 카타르, 아랍 에미리트 등 아랍 국가들은 '아라비아 만(Arabian Gulf)' 또는 '걸프(the Gulf)' 호칭을 주장한다. 언어, 민족, 종파 등 문화적, 정치적 요인 때문에 해결이 쉽지 않아 보인다.

한반도와 일본 열도 사이의 바다 명칭도 대표적 사례다. 이 문제는 일본의 식민 지배와 밀접한 관계가 있다. 1910년 이후 조선총독부는 식민지 조선의 지리 교과서와 지리부도에 있는 동해 명칭을 일본해로 통일하여 시행했다. 이어 국제수로국이 세계의 바다 명칭을 표준화한 지침서인 「해양과 바다의 경계(Limits of Oceans and Seas)」를 1928년 발행했다. 이 책자에는 동해가 일본해(Japan Sea)로 명기되었다. 제2판과 제3판도 마찬가지였다. 바다의 명칭을 정하는 국제회의에 당사국인 한국은 배제되었다.

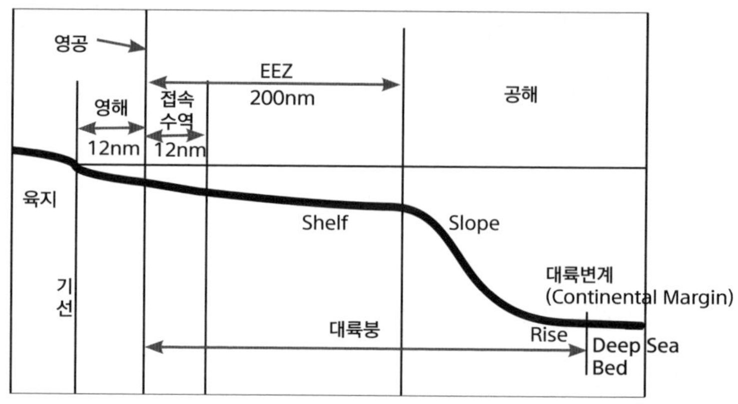

[그림2] 연안국의 관할구역도

깊은 바닷속 해저지형에도 이름이 있다. 마리아나 해구, 울릉 분지, 인도양 해령, 몬테레이 해저 협곡, 아틀란티스 해저 평원 등. 수심과 지명이 표기된 해저지도는 어민과 항해자에게 생명줄이다. 과학자들에게는 해양조사 및 연구의 이정표로 쓰인다.

해저지형의 명명권은 일차적으로 해당 수역이 어느 나라의 관할권에 속하는지에 달려있다. 유엔해양법협약에 따르면 연안국에는 200해리 배타적 경제수역과 최대 350해리까지의 대륙붕이 인정된다. 연안국은 경제수역과 대륙붕의 해저에 있는 지명을 제안할 수 있다. 우리가 우리 바다 밑 땅덩어리에 이름을 붙이는 것은 너무나 당연한 주권 행사다. 그러나 제안된 이름이 국제적으로 공식 등재되기 위해서는 국제수로기구와 정부 간 해양학위원회(IOC)가 공동으로 운영하는 '해저 지명소위원회'의 승인을 받아야 한다.

오랜 기간 한반도 주변 해역의 해저지형에는 일본 이름이 붙었다. 1978년 일본은 울릉도와 독도 남쪽 부근의 해저에 '쓰시마 분지'라는 지명을 국제수로기구(IHO)에 등재했다. 국제사회 진출에서 한국보다 훨씬 빨랐던 일본은 그 후에도 일본식 해저 지명을 등재하기 위한 노력을 가열하게 전개해 나갔다.

35년간 일본의 식민 지배와 참혹한 6.25 전쟁을 겪은 후 먹고살기에 바빴던 한국은 바닷속 깊은 곳까지 신경 쓸 겨를이 없었다. 2002년 해양수산부 산하에 해저 지명위원회가 신설되면서부터 비로소 한국의 반격이 시작되었다. 위원회는 일본의 '쓰시마 분지'에 울릉 분지, '순요퇴'라고 불리는 해저산에는 신라 장군의 기개를 담아 '이사부 해산'이라는 이름을 붙였다. 그리고 이 둘을 포함한 16곳의 한국 이름을 2006년 6월 국제수로기구에 등재하겠다는 방침을 세웠다.

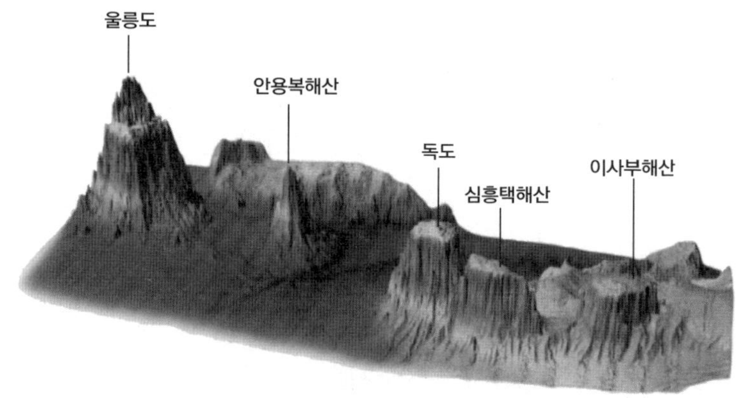

[그림3] 독도 주변의 해저 지형

이 소식이 현해탄을 건너자, 일본 열도가 들썩였다. 그들에게 해저 지명은 단순한 이름 문제가 아니었다. 그것은 '독도 영유권'이라는 예민한 뇌관과 직결되기 때문이었다. '육지가 바다를 지배한다(the land dominates the sea)'는 것은 해양법의 대원칙이다. 영해, 배타적 경제수역, 대륙붕 등 관할 해역은 육지 국가가 육지 영토로부터 설정할 수 있다. 그런데 독도는 한국이 실효적으로 지배하고 있다. 게다가 한국은 독도 주변의 해저까지 한국 이름으로 바꾸어 영유권에 쐐기를 박으려 하고 있다! 일본 내 여론이 들끓기 시작했다. 일본 정부는 격하게 반발했다. 4월의 동해 위로 거대한 파도가 몰려오고 있었다.

제3장

미국의 촉수

2006년 4월 11일 오후 3시. 서울 소공동의 웨스틴 조선호텔 로비 라운지. 외교통상부의 박정도 조약국장이 익숙한 걸음으로 커피숍 '오키드'에 들어섰다. 따스한 봄 햇살이 통유리를 통해 비스듬히 쏟아져 들어왔지만, 박 국장의 마음속 그늘을 걷어내지는 못했다. 은은한 커피 향과 달그락거리는 찻잔 소리 속에서 구석 테이블에 앉아 있던 금발의 중년 남자가 손을 흔들었다. 톰 브래들리(Tom Bradley). 주한 미국 대사관 정무 참사관.

두 사람의 인연은 일 년 전, 주한 미국 대사 관저의 붉은 클레이 코트 위에서 시작되었다.

"나이스 샷, 미스터 박!"

당시 미국 대사는 소문난 테니스광(狂)이었다. 그는 대사관 직원들과 한국의 정·관계 인사들을 관저로 불러들여 사교를 위한 친선 게임을 즐기곤 했다. 그날 박정도의 복식 파트너는 여당 국회의원이었고, 네트 건너편에는 브래들리가 서 있었다.

땀방울이 튀고 거친 숨소리가 오가는 코트 위에서, 브래들리는 박정도 못지않은 실력자였다. 코트 위에서의 승부는 코트 밖의 우정으로 이어졌다. 그들은 종종 라켓을 부딪치고 맥주잔을 기울이며 시시콜콜한 농담을 주고받았다.

그러나 외교관의 눈은 예리했다. 시간이 켜켜이 쌓이고 술잔이 비워질수록 박정도는 브래들리의 미소 뒤에 감춰진 진짜 얼굴을 읽어냈다. 그는 단순한 직업 외교관이 아니었다. 미국 중앙정보국(CIA)에서 파견된, 정장을 차려입은 스파이였다. 이른바 '화이트(White) 요원'. 화이트 요원은 합법적인 외교관 신분으로 활동하는 정보요원을 말한다. 이에 반해 블랙 요원은 신분을 숨기고 첩보 활동을 한다. 그들은 서점 주인, 상인, 교수, 언론인, 사업가 등 다양한 직업으로 위장해 활동하면서 은밀한 방법으로 정보를 수집한다. 발각될 경우, 화이트 요원은 추방되는 것이 보통이나 블랙 요원은 생명의 위협을 받을 수도 있다. 브래들리는 '참사관'이라는 합법적인 외교관 신분증을 목에 걸고 당당하게 정보를 수집했다. 발각되어도 추방당하면 그만인 양지(陽地)의 스파이였다.

박정도는 브래들리의 푸른 눈 깊은 곳에서 산전수전 다 겪은 야수의 본능을 보았다. 냉전의 그림자가 짙게 드리웠던 1980년대, 브래들리는 화약 냄새가 진동하는 라틴 아메리카의 정글을 누볐다. 당시 CIA는 도미노 이론에 사로잡힌 광신도들의 공동체였다. 니카라과 하나가 붉게 물들면 대륙 전체가 공산화될 것이라는 공포 속에, 그들은 정부 전복 공작을 서슴지 않았다.

브래들리는 태풍의 눈이었다. 산디니스타 사회주의 정권을 무너뜨리기 위해 반군을 지원하고 선거판을 흔들었다. 1990년, 미국의 지원을 입은 비올레타 차모로가 대통령에 당선되었을 때, 승리의 건배 뒤에는 브래들리의 치밀한 공작이 있었다. 위선과 기만, 배신과 복수가 일상인 냉혹한 세계에서 살아남은 그가, 오늘 테니스 라켓 대신 커피잔을 앞에 두고 박정도를 불렀다. 거기엔 반드시 중요한 이유가 있을 터였다.

커피 한 모금을 마시며 지난번 테니스 게임 이야기를 늘어놓던 브래들리가 돌연 찻잔을 내려놓았다. 사교적인 미소가 걷히고, 정보기관 요원의 차가운 눈빛이 드러났다. 그러고는 본론을 꺼내 들었다.

"박 국장, 요즘 워싱턴 분위기가 심상치 않아요. 해저 지명 문제로 한일 간 해양 갈등이 고조되는 것에 대해 우려하고 있어요."

박정도는 표정의 변화 없이 그를 똑바로 응시했다.

"갈등의 본질은 해저 지명이 아니에요. 그 밑바닥에 깔린 독도 영유권 문제지. 한국 정부와 국민에게 이건 타협할 수 있는 외교 사안이 아니라 지켜내야 할 주권의 문제에요."

"알아요. 하지만 미국 입장에서는 동북아의 핵심 동맹국인 한국과 일본이 서로 으르렁거리는 게 달갑지 않아요. 전략적 이해관계에 반하니까. 특히⋯."

그가 몸을 앞으로 숙였다. 목소리가 낮아졌다.

"우리 측 첩보에 따르면 일본 정부가 조만간 해양 조사선을 동해로 보낼 거예요. 독도 주변수역에서 수로 탐사를 강제로 밀어붙일 것 같아요."

박 국장의 미간이 꿈틀했다. 그는 오늘 아침 국정원의 첩보로 이미 알고 있었다. 그러나 미국 정보통의 입으로 확인하는 것은 무게감이 달랐다.

박 국장은 놀란 가슴을 억누르며 짐짓 태연하게 대꾸했다.

"그래서요?"

브래들리의 시선이 박정도의 눈동자를 파고들었다.

"워싱턴은 사태가 진정되길 원해요. 그런데⋯. 만약 일본 배가 독도 해역에 들어오면, 한국 측은⋯. 어떻게 대응할 생각인가요?"

이것이었다. 박정도의 머릿속에서 경보음이 울렸다. 오늘 만남의 진짜 목적. 미국은 일본의 도발에 대한 한국 정부의 '대응 수위'를 미리 간 보고 싶었던 것이다. 본부의 훈령을 받은 노련한 스파이가 탐침(探針)을 찔러 넣은 것이다. 박정도는 찰나의 순간, 수많은 계산을 마쳤다. 내가 뱉는 말은 이 자리에서 끝나는 것이 아니다. 즉시 미 국무부와 CIA 본부로 타전될 것이고, 그것은 다시 일본 정부의 정보망으로 흘러 들어갈 것이다. 그렇다면, 이 자리는 단순한 정보 공유의 자리가 아니라 대미(對美), 대일(對日) 경고의 장이 되어야 했다.

"한국 정부의 공식 대응 매뉴얼이 확정된 건 아니오."

박정도는 천천히 운을 뗐다. 그러고는 오른손 엄지손가락을 척 들어 보였다. 관가에서 대통령을 지칭하는 은어, 'VIP'를 의미하는 제스처였다.

"하지만 VIP의 심기가 그 어느 때보다 불편하십니다. 야마모토 총리의 야스쿠니 신사 참배, 역사 교과서 왜곡, 게다가 '다케시마의 날' 제정까지…. 대통령께서는 격노하고 계셔요. 이런 상황에서 일본이 해양 조사선까지 들이민다? 우린 그걸 독도 영유권에 대한 명백한 도전 행위로 간주할 겁니다. 당연히…. 단호하게 대처하겠지요."

"단호한 대처라…."

브래들리가 메모하듯 되물었다.

"구체적으로 어떤 걸 의미하는 겁니까? 물리력 행사도 포함되나요?"

"글쎄. 실무자인 내가 단정 지을 순 없지만, 주권을 침해당한 국가가 할 수 있는 '모든' 강제 조치가 테이블 위에 있지 않겠소?"

박정도의 어조에는 뼈가 있었다. 브래들리는 잠시 침묵했다. 그 역시 한국 내의 들끓는 반일 여론을 모르지 않았다.

"박 국장, 한국 국민의 정서는 잘 알고 있어요. 하지만 당신은 국제법 전문가 아닙니까. 한일 관계가 파국으로 치닫지 않도록 당신 선에서 상부를 잘 설득해 주길 바라요."

박정도는 씁쓸한 미소를 지으며 고개를 저었다.

"나 역시 외교관으로서 일본과의 파국은 원치 않아요. 하지만 브래들리, 역사를 잊으면 안 됩니다. 근세사에서 일본은 가해자였고, 우리는 피해자였소. 우리 국민에게 독도는 단순한 바위섬이 아니라, 주권 회복의 상징이오."

박정도는 마지막으로 쐐기를 박았다.

"동북아의 평화? 중요하죠. 하지만 그걸 원한다면 가해자인 일본이 먼저 양보하고 결단을 보여야 합니다. 그게 태평양 국가인 미국의 국익에도 부합할 거요. 무엇보다도 미국이 일본을 자제시키는 것이 중요해요. 한국의 해저 지명 등재 방침에 일본이 즉각적, 감정적으로 대응하지 않고 잠시 냉각기를 갖도록 말이요. 그러면 한일 양국 정부가 외교적 채널을 가동해 해법을 찾을 수 있을 거요."

한 시간 남짓의 탐색전이 끝났다. 호텔을 나서는 박정도의 발걸음은 들어올 때보다 더 무거웠다. 그는 알고 있었다. 브래들리는 오늘 들은 '단호한 대처'라는 말을 가감 없이 본국에 보고할 것이고, 그 정보는 곧장 일본 관료들의 책상 위에 놓일 것이다. 그것이 바로 박정도가 노린 바였다. 총성 없는 정보 전쟁의 서막이 오르고 있었다.

높아지는 파고

일본의 해양 조사선 파견계획이 알려지자, 한국 내 여론은 들끓었다. 그것은 단순한 반발이 아니었다. 여전히 반성 없는 일본의 역사 교과서 왜곡으로 한국 내 반일 감정은 이미 고조되고 있었다. 민족주의 성향이 유달리 강한 강동수 정부 하에서, 일본의 이번 도발은 양국 간 갈등의 도화선에 불을 붙인 셈이 되었다. 끓어오른 반일 감정 속에 시위대의 함성이 세종로를 가득 메웠다. 언론은 더 이상 유약해서는 안 된다며 정부에 단호한 대응을 주문했다.

2006년 4월 12일 오전 10시, 청와대 지하 상황실. 긴급 위기 대응 회의가 개최되었다. 주재자는 강동수 대통령. 흙먼지 묻은 서민의 소탈함과 솔직함으로 비주류의 설움과 장벽을 뚫고 일약 최고 권좌에 오른 풍운(風雲)의 사나이. 그의 내면에는 자주국가(自主國家)의 자존심과 민족주의로 충만한 심장이 뜨겁게 뛰고 있었다. 그러나 요사이 부쩍 늘어난 백발은 깊어지는 국정의 고뇌를 표상하고 있었다. 굳게 다문 입술과 미간에 새겨진 깊은 주름은 그가 홀로 역사의 무게를 견디며 고통스러운 시간을 감내하고 있음을 웅변했다.

"자, 시작합시다."

대통령의 낮지만 단단한 목소리가 회의실을 갈랐다. 장관과 참모들이 숨을 삼키며 시선을 모았다.

먼저, 김형준 해양수산부 장관이 자리에서 일어나 벽면 모니터 앞에 섰다. 모니터에는 급히 편집된 영상 브리핑이 흐르고 있었다.

「일본 해양 조사선 투입과 대응 방안」

그는 일본 조사선의 동해 투입 시기, 투입 척수, 일본의 의도 등 개요를 설명했다.

대통령은 자리에서 살짝 몸을 앞으로 기울이며 두 사람을 차례로 바라보았다.

"국방과 외교는 어떻게 보고 있습니까?"

손영호 국방부 장관이 굳은 표정으로 자리에서 일어났다. 그는 군인 특유의 짧고 분명한 말투로 브리핑을 시작했다.

"예, 대통령님. 현재 동해 전력은 준비를 마치고 대기 중에 있습니다."

그는 스크린에 새로운 자료를 띄웠다. 주요 함정들의 위치, 항공 자산의 가용 시간, 해군작전사령부의 대응 루트까지 정연하게 정리된 화면이 나타났다. 그는 설명 후 잠시 말을 멈추었다가, 조심스레 덧붙였다.

"물론…. 무력 충돌 가능성은 작다고 판단합니다. 다만 유사시에는 해경과 공조하여 해군 함정 2척과 해상 초계기 3대를 현장에 급파하겠습니다. 필요시 추가 자산 투입도 가능합니다."

대통령은 고개를 끄덕이며 외교부 장관에게 시선을 돌렸다.

"외교는요? 일본의 의도, 미국의 입장, 그리고 국제사회 반응은 어떻게 보고 있습니까?"

백발의 유기상 외교부 장관이 자리에서 일어났다. 그는 준비한 종이 서류를 바탕으로 설명을 시작했다. 브리핑 자료에는 일본의 의도, 과거 한일 간 해양 분쟁 사례, 국제해양법 판례, 미국과 국제사회의 반응 등이 촘촘히 기술되어 있었다. 그는 잠시 숨을 고르면서 정리하듯이 말했다.

"저희는 이미 일본 대사관을 통해 엄중히 항의했고, 미국 측에도 상황의 민감성을 설명했습니다. 하지만…. 외교적 압박만으로 일본이 이번 계획을 철회할 가능성은 높지 않습니다."

대통령의 눈빛이 해경청장을 향했다.

"해경은 준비가 되어 있습니까? 구체적으로 설명해 보세요."

긴장한 표정의 이광수 해경청장이 자리에서 일어났다. 목소리는 단호했고, 한 치의 흔들림도 없었다.

"예, 보고드리겠습니다."

그는 리모컨을 눌러 상황실 벽면의 대형 스크린을 불러냈다. 동해 해역이 정밀한 해도와 함께 나타났다.

"일본 측이 파견하려는 조사선은 총 두 척이며 3,300톤과 2,000톤급으로 파악됩니다. 예상 항로는 이곳…."

그는 레이저 포인터를 들어 해도 위를 천천히 그었다.

"독도 동남쪽에서 들어와 독도/울릉도 중간선까지 진입할 가능성이 큽니다.”

대통령의 표정이 더욱 굳었다. 해경청장은 더 낮은 목소리로 브리핑을 이어 나갔다.

“저희는 이미 해경 중심의 전면 차단 전략을 마련했습니다. 이에 따라 봉쇄 시나리오 3개 안을 수립하고 훈련 중입니다.”

회의실의 분위기가 미세하게 요동했다.

“하나, 300~500톤급 고속 경비정, 1,000톤급 중형 경비함과 3,000톤급 대형 경비함 6척을 전면 배치하여 일본 조사선의 조사 구역 진입을 물리적으로 차단합니다. 둘, 조사선이 정선이나 퇴거 요구를 무시할 경우, 적법한 범위 내에서 근접 기동으로 경로를 교란합니다. 셋, 만약 조사 장비의 투하를 시도할 경우, 추가 함정을 투입해 압박을 강화합니다. 해상자위대의 여하한 움직임에 대해서는 해군과 공조하겠습니다.”

그는 스크린을 넘겼다. 이번엔 배치 예정 함정들의 제원, 속력, 진입 예정 시간까지 상세하게 표시된 화면이 펼쳐졌다.

“아직 일본이 움직이기 전이지만, 대비 태세는 완료됐습니다. 명령만 떨어지면, 일본 조사선이 울릉도/오키 간 우리의 배타적 경제수역을 넘는 즉시 봉쇄할 준비가 되어 있습니다.”

보고가 끝나자, 회의실에는 짧은 정적이 흘렀다. 대통령은 한참 동안 해도 위의 붉은 선을 바라보다가 비장한 목소리로 입을 열었다.

“좋습니다. 우리는 물리적 충돌을 원하지 않습니다. 하지만…. 이 문제는 단순한 해저지형 조사 문제가 아니에요. 독도 영유권에 대한 정면 도전이에요. 주권 문제는 양보할 수 없어요.”

그는 손가락으로 탁자를 가볍게 두드리며 말을 이었다. 나직하나 바위처럼 단단한 목소리였다.

“탐사선이 접근하면 경고사격하고 그래도 물러나지 않으면 당파(배로 밀어 깨뜨리는 짓) 하세요. 무력 사용도 불사하세요. 모든 책임은 내가 집니다. 외교부 장관은 미국 측에 우리의 입장을 잘 설명하고 이해를 구하세요.”

회의가 끝나자마자 황민우 외교안보실장은 외교부에 지시했다.

“주미대사에게 마이클 위트포드 백악관 국가안보회의(NSC) 아시아 담당 국장을 긴급히 접촉하라고 하세요. 와타나베 관방장관이 자제하지 않으면 한국으로서는 무력 대응이 불가피하다는 점을 알리세요.”

그날 오후, 세종로 외교부 청사 조약국장실. 창밖으로 땅거미가 내려앉고 있었지만, 박정도 국장의 하루는 끝날 기미가 보이지 않았다. 책상 위에는 수십 권의 국제법 서적과 보고서가 산더미처럼 쌓여 있었다. 그의 눈은 붉게 충혈되어 있었다. 눈꺼풀에 모래주머니를 매단 듯한 피로가 짓눌렀고, 어깨는 돌처럼 굳어 감각조차 없었다. '정시 퇴근'이라는 단어는 그의 삶에서 사라진 지 오래였다.

3개월째 그는 영토와 해양 문제로 힘겹게 씨름하고 있었다. 군인이 총칼로 싸운다면, 외교관은 치밀한 논리와 국제법이라는 무기로 싸운다. 동북아의 바다는 격랑 속에 있었다. 1994년 유엔해양법협약(UNCLOS)이 발효된 이후, 한·중·일 3국은 새로운 해양영토의 확장을 위해 사활을 걸고 있었다. 공해가 없는 반폐쇄해인 동북아 해양에서 땅따먹기와 같은 경쟁이 치열하게 전개되었다.

국익을 위한 경쟁의 최일선에 조약국 직원들이 있었다. 하지만 경쟁국에 비해 직원 수는 너무도 적었다. 일본 외무성 국제법국 직원 수는 60여 명이었다. 중국은 100명이 넘는 매머드급 인력을 자랑했다. 반면, 한국의 조약국은 고작 20여 명. 소수의 인원으로 강대국들과의 치열한 경쟁에서 이겨야 했다.

야근이 계속되자 부상자가 속출했다. 과로로 쓰러지는 직원들을 볼 때마다 박 국장의 가슴은 미어졌다. 애국심이라는 연료만으로 버티기엔 엔진이 과열된 상태였다.

"오늘 저녁에는 어떻게 하지? 최소한의 필수 인원만 남기고 나머지는 일찍 퇴근시켜야 하지 않을까…."

박 국장이 생각에 잠겨 있을 때 비서가 전화가 왔다고 알렸다. 상대는 청와대의 황민우 외교안보실장이다. 박 국장은 반사적으로 자세를 고쳐 앉았다. 수화기 너머로 황 실장의 걸걸한 목소리가 들려왔다.

"박 국장, 나요. 요즘 고생이 많소."

"아닙니다, 실장님. 별말씀을요."

황 실장은 의례적인 인사를 짧게 끝내고 본론으로 직행했다.

"일본 탐사선에 대한 VIP의 의지, 잘 알고 있지요?"

"네, 회의 결과를 전해 들었습니다."

"대통령께서 단호하게 대처하라고 하셨어요. 독도 주변수역에 들어오면 당파 등 무력 사용도 불사하라고 말이오. 그러니 조약국에서 우리의 대응조치를 정당화할 국제법적 논리를 만들어 주세요."

박정도는 마른침을 삼켰다. 그는 잠시 숨을 고른 뒤, 떨리지만 분명한 목소리로 답했다.

"실장님…. 죄송하지만, 드릴 말씀이 있습니다. 나포나 당파 같은 무력 사용은… 하지 않는 것이 좋을 것 같습니다."

수화기 너머에서 일순간 침묵이 흐르더니, 이내 벼락같은 호통이 떨어졌다.

"뭐요? 지금 뭐라고 했소? 아니, 일개 국장이 대통령의 통수권적 결단을 거부하겠다는 거야? 당신 지금 제정신이야?!"

황 실장의 목소리가 고막을 때렸다. 하지만 박정도는 물러설 수 없었다. 이것은 감정으로 풀 문제가 아니었다.

"아닙니다, 실장님. 제가 어찌 감히 대통령님의 독도 수호 의지를 깎아내리겠습니까. 다만, 국제법적으로 냉정하게 보셔야 합니다."

"국제법? 우리 국내법에도 불법 조사는 나포할 수 있게 돼 있잖아!"

"맞습니다. 해양과학조사법 제13조에 그렇게 되어 있지요. 하지만 그건 유엔해양법협약과 충돌합니다. '국내법을 이유로 국제법 위반을 정당화할 수 없다'라는 건 국제사회의 상식입니다."

"이봐, 박 국장! 듣기 싫소. 국제법이라는 것도 결국 힘센 놈들이 국익 챙기려고 만든 거 아니오? 우리가 우리 땅 지키겠다는데 뭐가 문제야?”

황 실장의 반박은 논리라기보다 웅변에 가까웠다. 박정도
는 차분하게, 그러나 집요하게 설득을 이어갔다.

“실장님, 감정에 휩쓸려 칼을 휘두르면 일본에 되치기당
합니다.”

“되치기라니?”

“우리 EEZ 내에서 일본이 동의 없이 조사를 못 하는 건 맞
습니다. 하지만, 그걸 어겼을 때 우리가 할 수 있는 조치가 핵
심입니다. 유엔해양법협약 제253조는 ‘조사 중단’과 ‘퇴거
요구’만을 규정하고 있습니다. 나포하거나 배를 부수는 강제
조치에 대해서는 침묵하고 있습니다. 다시 말해, 근거가 없
습니다.”

“그런 법이 어디 있어? 남의 집에 도둑이 들었는데 나가라
는 말만 하고 잡지는 말라는 게 말이 되나?”

황 실장의 분노는 극에 달했다.

“해양과학조사는 본질적으로 평화적인 활동으로 간주합
니다. 밀수나 해적질 같은 범죄와는 다릅니다. 그래서 협약
에서도 군사적 대응을 최대한 억제하게 한 겁니다.”

“그래서? 나가라고 했는데 안 나가면? 그냥 손가락 빨고
구경만 하라는 거야? 박 국장, 지금 광화문에서 국민이 얼마

나 분노하는지 안 들려?”

박정도는 눈을 질끈 감았다가 떴다. 그의 목소리는 비장했다.

“저에게도 들립니다. 저도 분노합니다. 하지만 실장님, 현실을 보십시오. 국제무대에서 일본의 외교력은 우리보다 강합니다. 우리가 국제법의 선을 넘는 순간, 일본은 기다렸다는 듯이 꼬투리를 잡아 반격해 올 겁니다. 상대적으로 국력이 약한 한국이 일본과 싸우려면 국제법을 준수해서 국제사회를 우리 편으로 만들어야 합니다. 혹시 있을지도 모를 국제소송에도 대비해야 하구요. 저는… 국제법 실무자로서 과거에 국제법을 몰라 눈뜨고 국권을 침탈당한 선조들의 역사를 늘 가슴에 새기며 일합니다. 제발 대통령님께 이 점을 보고해 주십시오.”

수화기 너머 황 실장의 거친 숨소리가 잦아들었다. 박정도의 진심이 전해진 것일까. 한결 차분해진 목소리가 들려왔다.

“알았소…. 박 국장의 뜻은 이해했으니 어떻게 보고드릴지 고민 좀 해보리다.”

딸깍. 전화가 끊어졌다. 박정도는 수화기를 내려놓고 의자 깊숙이 몸을 파묻었다. 사무실의 적막 속에서, 그의 머릿속에는 구한말(舊韓末) 힘없이 무너져 버린 조선의 역사가 주마등처럼 스쳐 지나갔다. 파도는 점차 거세지고 있었고 그는 작은 조각배 위에서 키를 놓지 않으려 안간힘을 쓰고 있었다.

국권 침탈의 역사

　19세기 서세동점(西勢東漸)의 거친 파도가 아시아와 아프리카를 덮쳤다. 제국주의 열강이 사용했던 식민 지배의 양 날개는 바로 대포와 국제법이었다. 그들은 산업혁명을 통해 발전시킨 증기선, 철갑선, 신식 대포(화포) 등의 무기를 앞세워 영토를 점령하고 개항을 강요했다. 당시 서구 열강이 만든 국제법(만국공법)은 자신들의 침략행위를 '문명화된 행위'로 포장하고 정당화한 도구였다. 군사력(대포)과 법적 논리(국제법)를 결합하여 식민 지배를 정당화하고 공고히 했다.

　제국주의의 아시아 우등생은 바로 일본이었다. '탈아입구(脫亞入歐)'라는 슬로건 아래 군사 기술(대포)과 국제법(불평등 조약)

이라는 두 가지 도구를 조기 학습한 일본은 이를 최초로 조선에 적용했다. 1853년 미국의 페리 제독이 이끄는 흑선(黑船) 앞에서 벌벌 떨며 강제로 문을 열었던 일본은, 자신들이 당했던 방식 그대로 조선을 옥죄어 오고 있었다. 피해자가 가해자로 돌변하는 역사적 아이러니였다.

임진왜란 전에 이미 포르투갈로부터 화승총을 사들인 일본은 이후 자체 기술로 대량 생산하여 보급했다. 페리의 흑선 이후 군함·증기선·근대식 화포 생산에 매진한 결과, 19세기 말에는 근대적 해군을 보유하게 되었다. 조선은 17세기 중반 일본을 통해 조총을 수입했으나 자체 개발한 총통을 주력 무기로 삼았다. 그러나 조총과 대포의 보급은 일본에 비해 현저히 뒤처졌다.

국제법과 관련해서도 한국과 일본은 도입 시기, 목적과 수용 태도에서 큰 차이를 보였다. 일본은 메이지 유신 이후 주권 국가로서 국제사회에 편입되기 위해 자발적, 적극적으로 근대 국제법을 도입하고 연구했다. 많은 유학생을 유럽으로 파견하여 국제법을 연구시켰다. 이후 일본은 불평등 조약을 개정하고 침략을 정당화하는 등 국익을 위한 외교적 무기로 국제법을 활용했다.

조선은 서구 열강과 일본의 압력에 의해 개항하고 조약을 체결하는 과정에서 수동적, 피동적으로 국제법을 접했다. 당시 조선은 전통적인 조공 질서 관념이 강해 근대 국제법의 필요성을 절감하지 못했다. 국제법에 대한 이해가 미흡한 조선은 조약 체결 과정에서 불리한 조건에 놓이기 일쑤였다.

1876년 2월 27일 강화부 연무당. 연무당의 마룻바닥은 겨울 공기 속에서 차갑게 삐걱거렸다. 바깥은 짙은 해무가 바다를 덮고 있었다. 그러나 시야가 트일 때마다 초지진 앞바다에 일본의 거대한 쇠배(iron ship) 세 척이 희미하게 모습을 드러냈다. 포문은 개방된 채 조선의 해안을 향해 있었고 군함의 돛대와 갑판이 은빛으로 반짝였다.

조선의 전권대신 신헌(申櫶)은 도장과 붓을 손에 든 채 창살 사이로 바다를 바라보았다. 붓을 쥔 손가락 끝이 가볍게 떨리고 있었다.

"조선은… 준비되어 있지 않다, 아무것도. 국제법도, 근대식 병기도…."

윤자승(尹滋承) 부관이 다가와 작은 목소리로 알렸다.

"대감, 일본 측 대표단이 도착합니다."

"그래…. 올 것이 오는구나."

구로다 기요타카(黑田淸隆)를 비롯한 일본 대표단이 연무당 안으로 들어왔다. 구로다는 개선장군처럼 자신감에 찬 표정 이었다. 그는 자리에 앉자마자 조약문을 탁자 위에 펼쳤다. 별다른 설명 없이 손짓했다.

"확인하시지요."

신헌은 조약문을 들여다보았다. 한문 문장 사이로 의미를 가늠할 수 없는 조항들이 줄줄이 박혀 있었다. 평생 붓을 잡 고 경전을 논했던 늙은 관료의 눈에 불안한 기색이 역력했 다. 그러나 만국공법의 세계를 모르는 조선은 이를 판독할 지식도, 거절할 힘도 없었다. 신헌은 깊게 숨을 들이켰다. 조 선 복식의 소매가 떨리고 있었다.

구로다가 재촉했다.

"자, 시간이 많지 않습니다."

신헌은 붓을 들었다. 그 순간 또다시 철갑선의 육중한 금 속음이 바람을 타고 들어왔다. 연무당의 마루가 가볍게 떨렸 다. 그는 붓을 종이에 내리그었다. 그러고는 천천히 도장을 찍었다. 붉은 인주가 퍼지며 조선의 새로운 시대가 번져갔 다.

일본 대표단이 떠난 후 연무당에는 긴 정적만이 남았다. 부관과 관리들은 아무 말도 하지 못했다. 신헌은 눈을 감았다.

"우리에게 부족한 것은 세상의 변화를 읽는 눈이었다. 만국공법을 모른 죄, 근대의 물결을 외면한 죄…."

역사는 늦게 오는 자를 벌한다고 했던가. 국제법과 근대적 외교교섭 방식에 무지했던 조선은 의미도 정확히 모른 채 속수무책으로 당할 수밖에 없었다.

예컨대, 강화도 조약 제1조는 "조선은 자주국이다"라고 규정했다. 조선 조정은 안도했다. 청의 속국 취급을 받지 않는다는 뜻으로 해석했기 때문이다. 그러나 그것은 일본의 교활한 덫이었다. 청과의 전통적인 사대(事大) 관계를 끊어내어 대륙침략이라는 장기적 목표를 염두에 둔 포석이었다.

제5조에서는 일본 선박의 해안 측량을 허용했다. 조선 침략을 위해 필요한 군사적 정탐을 허용한 것인데도 조선은 위험성을 깨닫지 못했다.

제10조는 치외법권과 영사재판권을 규정했다. 가장 굴욕적인 조항이었다. 예를 들어, 일본인이 조선 땅에서 살인이나 강간을 저질러도 일본 영사에 의해 일본 법에 따른 재판을 받게 한다는 것. 조선의 사법주권을 송두리째 부정하는 규정이었다.

비극의 가장 큰 원인은 '무지(無知)'였다. 회담 도중 일본 수행원이 근대적 통상과 화폐 제도의 이점을 설명하려 열을 올렸다. 그러자 조선의 대표가 경멸 섞인 표정으로 손사래를 쳤다.

"허, 사대부는 오직 덕치(德治)를 논할 뿐이오. 장사치들의 셈법 따위 천한 문제에는 관심 없소!"

그 호통은 기개 있는 선비의 외침처럼 보였을지 모르나, 실상은 변화하는 세계 질서를 읽지 못한 망국의 잠꼬대였다.

도장은 찍혔고, 굳게 닫혀 있던 조선의 빗장은 풀렸다. 부산에 이어, 원산, 인천이 차례로 열렸다. 일본 상인들이 무관세 특권을 등에 업고 밀물처럼 쏟아져 들어오자, 조선 상권은 초토화되었다.

조정은 순식간에 아수라장이 되었다. "오랑캐에게 나라를 팔아먹었다!"라며 통곡하는 수구파의 위정척사 운동과, "이제야 문명개화의 길이 열렸다"라며 들뜬 개화파의 목소리가 뒤엉켜 정국은 혼란의 소용돌이로 빠져들었다.

그 혼란의 한가운데서, 실무 관료들은 뒤늦은 후회로 밤을 지새웠다. 근대 외교교섭 방식을 몰랐기에, 국제법을 몰랐기에, 일본의 현란한 말솜씨와 전략에 휘말려 조국의 운명을 벼랑 끝으로 내몰았다는 자괴감. 그 무력감이 가슴을 짓눌렀다. 강화도 조약. 그것은 조선이 맺은 최초의 근대적 조약이었으나, 동시에 기나긴 식민지의 겨울을 알리는 서곡(序曲)이었다.

제6장

하나님의 음성

2006년 4월 12일 오후 2시. 서울 도렴동 외교통상부 청사. 이태수 아시아태평양국장의 집무실 문이 열렸다. 방문자는 주한 일본 대사관의 이인자, 이토 마사하루(伊藤正治) 정무공사였다. 의례적인 인사말과 악수가 오갔다. 하지만 인사말에는 가시가 있었고 맞잡은 손에서는 차가움이 느껴졌다. 이토의 표정은 잘 훈련된 외교관의 그것처럼 건조하고 사무적이었다. 자리에 앉은 그는 양복 안주머니에서 서류를 꺼내 들었다. 그리고 마치 준비된 선전포고문을 낭독하듯, 감정이 절제된 목소리로 말했다.

"국장님, 본국 훈령에 따라 통보합니다. 일본 해상보안청 소속 탐사선 두 척이 오는 4월 20일부터 3, 4일간 다케시마 인근의 일본 배타적 경제수역에서 해저지형 탐사를 할 예정입니다.”

이태수 국장의 짙은 눈썹이 꿈틀했다. 우려했던 일이 현실로 되는 순간이었다.

이토는 단호한 목소리로 말을 이었다.

“탐사선 뒤에는 만약의 사태에 대비해 순시선이 뒤따를 겁니다. 탐사 계획은 곧 국제수로기구 홈페이지에 게시될 것이며 일본 관보(官報)에도 실릴 예정입니다.”

“통보라….”

통보라는 단어가 이 국장의 가슴을 찔렀다. 그것은 협의가 아니었다. 양해를 구하는 것도 아니었다. ‘우리가 우리 땅에서 조사하겠다는데 너희가 무슨 상관이냐’라는 무언의 시위이자 대한민국 영토주권에 대한 정면 도전이었다.

이토가 돌아간 뒤, 외교부 청사에는 비상벨이 울렸다. 조약국은 즉시 전시체제로 전환되었다. 동해의 푸른 물결 위로 전운(戰雲)이 감돌기 시작했다. 가장 시급한 문제는 ‘충돌 시나리오’였다.

우리 해경이 일본 조사선을 막아서거나, 올라타서 검색·임검하거나, 혹은 나포나 당파할 경우 발생할 국제법적 파장을 계산해야 했다. 치밀한 두뇌 싸움이 시작되었다.

지도 위에 그어진 '보이지 않는 선'이 문제였다. 일본은 독도를 자기네 땅이자 유인도(island)로 간주하여 울릉도와 독도 사이의 바다 중간선을 자기네 배타적 경제수역의 경계선이라 주장했다. 국제법상 사람이 살 수 있는 유인도는 자체의 배타적 경제수역을 가질 수 있다. 즉, 독도 앞바다가 자신들의 배타적 경제수역이니 마음대로 들어오겠다는 논리였다. 반면, 우리는 울릉도와 일본 오키섬 사이의 중간선을 경계선으로 보고 있었다. 즉, 일본 탐사선이 울릉도-오키 중간선으로 뱃머리를 들이미는 순간, 그들은 우리가 그어놓은 금지선(red line)을 넘는 셈이 된다. 넘는 즉시, 한국은 강제집행에 나설 것이다.

그것은 단순한 월경이 아니었다. 독도 주권에 대한 도전이었다.

"일본이 선을 넘는 순간, 우리는 들이받는다."

매뉴얼은 명확했지만, 결과가 초래할 파국적 재앙은 누구도 장담할 수 없었다.

밤이 깊었지만, 조약국 사무실의 불은 꺼지지 않았다. 형광등 불빛 아래, 직원들은 핏발 선 눈으로 비상 대기조를 운영했다. 적막만이 감도는 새벽 3시. 유복만 서기관은 자신의

[그림4] 우리나라와 일본이 주장하는 EEZ

책상에 앉아 어둠 속에 잠긴 모니터를 응시하고 있었다. 그의 임무는 국제수로기구(IHO) 홈페이지를 감시하는 것. 일본이 예고한 탐사 계획이 언제 전 세계에 공표되는지를 확인해야 했다.

버튼을 누르는 그의 검지 끝이 미세하게 떨렸다. 딸깍. 딸깍. 단조로운 마우스 클릭 소리만이 정적을 깼다. 모니터의 빛이 그의 지친 얼굴을 창백하게 비췄다. 마치 돌격 나팔을 기다리는 전사처럼, 그는 화면이 바뀔 때마다 마른침을 삼켰다.

새벽 6시. 여전히 화면에는 변화가 없었다. 창밖으로 푸르스름한 새벽빛이 스며들었지만, 긴장은 가라앉지 않았다. 폭풍은 가장 고요한 순간에 찾아온다고 했던가. 고요는 곧 밀어닥칠 격랑(激浪)의 서곡(序曲)에 불과했다.

오전 8시. 드디어 '팩트'가 날아들었다. 정보 채널을 통해 일본 정부가 발행한 관보(官報) 사본이 입수된 것이다. 유 서기관의 손에 들린 종이 한 장. 그곳에는 일본이 조사하겠다는 대상 수역의 좌표가 깨알 같은 숫자로 박혀 있었다. 그 숫자들은 단순한 위도와 경도가 아니었다. 한반도의 동쪽 끝, 독도를 향해 조여오는 일본의 야욕이 실체화된 좌표였다.

잠시 후, 동북아 1과로부터 관보 원본과 정밀 좌표가 조약국으로 전달되었다. 확인 사살이었다. 사무실의 공기가 무겁게 가라앉았다. 이제 돌이킬 수 없다. 말의 전쟁은 끝났고, 배와 배가 부딪치는 실전(實戰)만이 남았다. 바야흐로, 한·일 해양 대전(大戰)의 막이 올랐다.

칠흑 같은 어둠이 내려앉은 늦은 밤. 박정도 국장은 파김치가 된 몸을 이끌고 집으로 돌아왔다. 침대에 쓰러지듯 누운 그는 이내 의식의 끈을 놓았다. 깊은 수면이 그를 집어삼켰다.

꿈속에서 그는 깊고 푸른 바다를 유영하고 있었다. 물결은 어머니의 품처럼 부드러웠고, 세상의 모든 소음이 차단된 평화로운 적막만이 감돌았다. 그때였다. 시야 저편에서 눈부신 황금빛이 일렁이더니, 서서히 사람의 형상으로 다가왔다. 등 뒤로 찬란한 태양을 등진 그 존재는, 말로는 다 형용할 수 없는 위엄과 온기로 박 국장을 압도했다.

"지쳐 있구나…."

봄바람처럼 부드러운 음성이 그의 영혼을 울렸다. 박 국장은 저도 모르게 무릎을 꿇었다. 이유를 알 수 없는 뜨거운 눈물이 볼을 타고 흘러내렸다. 그동안 어깨를 짓누르던 긴장, 공포, 책임감이 그 한마디에 눈 녹듯 사라지는 듯했다. 그 존재가 손을 내밀어 박 국장의 떨리는 두 손을 감싸 쥐었다. 그리고 나직하지만, 천둥처럼 단호한 목소리로 말했다.

"아직 끝나지 않았다. 이제 시작이다. 일본이 얼마나 집요한지는 네가 더 잘 알지 않느냐. 그들은 더 큰 것을 준비하고 있다. 대비해라! 깨어나라! 더 큰 파도가 온다."

빛은 사라졌고, 박 국장은 침대 위에서 벌떡 일어났다. 시계는 새벽 4시를 가리키고 있었다. 심장이 격렬하게 요동쳤다. 단순한 꿈이 아니었다. 그것은 영혼의 밑바닥을 흔드는 하나님의 경고이자, 계시였다.

독실한 크리스천인 박정도는 삶의 고비마다 기도로 길을 찾았다. 마음속 간절함이 깊어질수록, 하나님은 부드러운 바람처럼 다가와 그를 위로하시고 상처 입은 마음을 치유해 주셨다. 그런 하나님이 이번에는 문제만 던지시고 답은 주지 않으셨다.

"과연 하나님의 메시지는 무엇일까? '더 큰 것', '더 큰 파도'…. 도대체 그게 뭐지?"

그는 어두운 거실로 나가 떨리는 손으로 물 한 잔을 들이켰다. 그러고는 깊은 생각에 잠겼다.

제7장

치밀한 일본의 협상술

박정도는 1979년 외교부에 발을 들인 이래, 수많은 협상에 참여했다. 그의 경험에 의하면, 나라마다 협상 문화와 스타일이 달랐다. 예컨대, 미국인들은 서부 영화의 카우보이 같다. 초강대국이라는 지위를 이용해 힘으로 밀어붙인다. 데드라인을 제시하고 총부리를 들이댄다. 자기중심적 원칙과 사고를 상대방에게 일방적으로 강요한다. 마치 "내 것은 내 것, 네 것은 협상 가능한 것"이라는 투다.

중국인들은 장사꾼이다. 현실주의적 태도로 자기 이익만을 우선시한다. 배타적이고 자기중심적으로 협상을 이끌어간다. 뿌리 깊은 중화사상(中華思想) 때문이다. '만만디' 전략으로 시간을 끌며 상대를 지치게 만든다. 합의는 마지막에 가서야 하기 일쑤며, 불리할 경우 협상 지연이나 결렬도 불사한다. 수많은 이민족과의 협상 경험을 토대로 웃으면서 목을 조르는 '소리장도(笑裏藏刀)'의 대가들이다.

하지만 일본인은 다르다. 그들은 철저하고 집요한 집단이다. 네마와시(根回し). 바로 일본풍 합의 문화를 가리키는 말이다. 의사결정을 하기 전에 비공식적으로 의견을 조정하여 합의를 도출하는 과정을 뜻한다. 즉, 협상장에 나오기 전에 이미 물밑에서 모든 합의를 끝내 놓는다. 그들은 절대 "No"라고 말하지 않는다. 미소와 함께 '하이(はい)'를 연발하거나 '검토해 보겠습니다'라고 돌려 말할 뿐이다. 애매모호한 화법을 모르면 낭패를 본다. 그들의 웃음은 긍정이 아니라 감정을 숨기는 가면(mask)이다. 미국 심리학자 폴 에크먼의 말대로 그들의 문화적 규칙은 '감정의 은폐와 억제'다.

무엇보다 무서운 건 그들의 철저한 준비성이다. 박정도는 외교부 입부 이래 많은 기간 동안 일본과의 협상에 매달렸다. EEZ 경계 획정, 어업 협정, 안보 문제, 독도 문제, 직선기선…. 50번이 넘는 일본 출장과 수백 번의 회담. 그가 겪은 일본 협상가들은 예외 없이 '치밀함'과 '집요함'의 화신들이었다.

생각이 여기에 이르자 박정도는 오래된 기억을 더듬듯 숨을 가볍게 내쉬었다. 그러자 어둠이 서서히 걷히면서 대학원 시절의 강의실이 조용히 떠올랐다. 따스한 봄볕이 교정의 벚나무를 비추던 오후, 외교학과 노(盧) 교수는 칠판 앞에 서서 분필로 쓰고 있었다.

일본의 협상술
1. 먼저 판을 짜는 일본

"자네들… 일본은 싸움을 걸기 전에 먼저 전장(战場)을 고르는 나라야."

교수의 중저음이 강의실을 채웠다. 그는 분필로 칠판 위 빈 공간에 글자를 휘갈기며 말을 이었다.

"상대국의 여론, 국내 정치 상황, 국제기구 내 아군과 적군, 관련 학자의 의견… 모든 것을 이리저리 뒤집어 본 뒤, 자신들에게 가장 유리한 장소를 선택하지. 이미 인맥을 만들어 둔 회의체, 이미 논리를 주입해 둔 연구그룹, 이미 검토가 축적된 절차… 그 위에 싸움판을 올려놓는 거라네."

학생들은 조용히 숨을 죽였다. 박정도는 그때 알 수 없는 불길한 예감이 스며들던 순간을 생생히 기억했다.

2. 복수의 시나리오

교수는 칠판에 동그라미 세 개를 그렸다. 분필이 '서걱…' 소리를 내며 A, B, C가 적혔다.

"그리고 일본은 하나의 계획만 절대 믿지 않아. A가 실패하면 B가 있고, B가 꼬이면 C가 기다리고 있지. 협상장에서 일본인들이 차분해 보이는 이유가 바로 이것이야. 실패 가능성까지 이미 계산해 둔 사람은 당황하지 않거든."

교수의 손끝에서 흩날리는 분필 가루가 외교 현장의 먼지처럼 박정도의 기억 속에 남았다.

3. 전문가 네트워크의 활용

교수는 분필을 내려놓고 두 손을 주머니에 넣었다. 그리고 말의 속도를 조금 늦췄다.

"가장 무서운 건… 그들이 전문가를 '사건이 터진 뒤'에 찾지 않는다는 점이야. 훨씬 전부터 필요한 전문가를 만나고, 동의를 얻고, 논리를 주입하지. 그래서 어느 날 갑자기 문제가 터진 것 같아 보여도… 사실은 수년 전부터 물밑에서 일이 진행되고 있었던 거야.”

강의실의 분위기는 묘하게 서늘했다. 박정도는 ‘일본인의 준비성이 농담이 아니구나’라는 생각이 들었다.

이어서 교수는 실제 사례 몇 가지를 꺼냈다. 교수는 칠판 한쪽에 ‘러일 국경협상’이라고 적으며 말했다.

“사할린·쿠릴열도 협상 때 일본은 해류, 원주민 생활양식, 러시아 정부 내부의 갈등까지 이미 분석해 두었지. 회담은 단지 ‘마지막 단계’였을 뿐이었네.”

다음으론 포츠머스 조약의 준비 과정을 말했다.

“러일 전쟁의 와중에도 일본은 미국과 러시아의 여론, 루스벨트의 성향, 미국 언론의 반응까지 치밀하게 분석하고 대비했다네. 그들은 ‘협상’이 아니라 ‘승산 계산’을 한 거라네.”

그리고 마지막으로 1965년 한일회담 준비.

“일본은 10년 이상 한국의 정치·경제 상황을 모니터링하며 장기 시뮬레이션을 만들어 갔지. 상대가 어떤 조건에 가장 민감하게 반응할지 심리 분석 보고서까지 작성했다네.”

교수는 분필을 내려놓고 조용히 말했다.

“일본의 강점은 치밀한 준비예요. 작은 움직임 하나라도 허투루 보지 마세요.”

그날 교수의 가르침은 오래도록 박정도의 머리에 남았다. 그리고 시간이 흐르면서 깨닫게 되었다. 그의 설명이 옳았다는 것을. 그의 말씀이 역사 강의가 아니라 미래 지침서였다는 것을.

일본은 늘 치밀하게 준비했고 다양한 플랜을 마련해 두고 있었다. 1997년 어업 협정 교섭 당시, 일본 대표단은 독도 앞바다의 물고기 숫자까지 조사해 들이밀었다. 구체적인 데이터가 없던 우리 대표단은 꿀 먹은 벙어리가 될 수밖에 없었다.

또한 그들은 집요했다. 그들은 바둑 명인처럼 수십수 앞을 내다보고, 모든 시나리오를 시뮬레이션한 뒤에야 돌을 놓았다. 그러고는 상대방이 지칠 때까지 끈질기게 밀어붙이곤 했다. 그들의 집요함은 강한 카리스마를 드러내거나 목소리를 높이는 방식이 아니었다. 오히려 낮고 차분한, 그러나 결코 끊기지 않는 물줄기 같았다. 바위를 부수지는 않지만, 기어이 깎아내리는 힘. 일본과의 협상에서 박 국장은 잦은 결렬과 밤샘 작업으로 진이 빠지기 일쑤였다.

제8장

일본의 노림수

어둠 속에서 박 국장은 조용히 숨을 들이쉬며 책상 앞에 앉았다. 잠결에 들었던 하나님의 음성이 아직도 귓가에서 맴돌았다.

"더 큰 것을 준비하고 있다. 더 큰 파도가 온다. 대비하라!"

꿈이었지만, 단순히 과로의 산물로 치부할 수는 없었다. 하나님의 말씀은 이상할 만큼 구체적이었다. 또한 경험상 익숙한 말이었다.

그러나 하나님은 답을 주시지 않았다. 기도하고 고민하면서 자유의지로 답을 찾기를 원하셨을까? '믿음은 바라는 것들의 실상이요 보이지 않는 것들의 증거니⋯' 히브리서

11장 1절의 말씀처럼 보이지 않는 것을 붙들라는 말씀일까? 하나님의 계획을 믿고 고통과 침묵의 시간을 통해 깨닫기를 바라신 걸까?

집안은 고요했다.

'보이지 않는 것을 붙잡아라…"

박 국장은 문제의 해답을 찾기 위해 머릿속을 헤집었다.

"과연 일본의 노림수는 무엇일까? 일본이 무력 충돌을 무릅쓰고라도 얻으려는 회심의 한 방이 무엇일까?"

일본의 치밀한 협상 행태를 이미 여러 번 경험한 박 국장은 하나님의 메시지에 순종했다. 그리고 반드시 해답을 찾아 대비해야 한다고 생각했다. 박 국장은 깊이 웅크린 채 머리를 감싸 쥐었다. 그의 이마는 식은땀으로 축축했고 눈은 며칠째 잠을 자지 못한 사람 특유의 붉은 빛을 띠고 있었다.

그러나 해답은 좀처럼 모습을 드러내지 않았다. 머릿속 생각은 미로를 헤맸다. 그는 펜을 들었다. 그리고 종이 위에 끄적였다.

"답은 반드시 있다. 내가 못 찾았을 뿐이다."

그는 일본의 입장에서 가능한 시나리오를 생각해 보았다.

"한국은 강경하다. 우리 배에 대해 나포나 발포도 불사한다. 일본 배가 다케시마 해역에서 쫓겨나면 일본 여론은 들

끊겠지. 그럼, 일본 정부는 뭘 얻지? 단순히 반한 감정? 아
니, 그 정도는 약해. 뭔가 더 강력한 한 방이 필요해. 판을 뒤
집을 획기적인 한 방….“

생각이 여기까지 미쳤을 때, 아주 작고 미미한 생각의 파
편이 그의 머릿속을 건드렸다. 처음에는 의미 없는 조각인
줄 알았다. 그러나 그것은 점점 형태를 갖추며 그의 사고를
휘감기 시작했다.

“아…!”

박 국장의 입에서 짧은 탄식이 터져 나왔다.

“국제재판소! 일본의 목적은 국제해양법재판소(ITLOS) 제
소다!”

그것은 유레카의 환호가 아니었다. 절망과 고뇌에 가까운
신음이었다.

모든 퍼즐이 맞춰졌다. 일본은 지금 ‘피해자 코스프레’를
준비하고 있는 것이다. 일부러 우리 경제수역을 침범하고,
우리가 배를 나포하거나 무력을 쓰도록 유도한다. 그리고
‘물리적 충돌’을 빌미로, 독도 문제를 국제 법정으로 끌고 가
려는 것이다!

지금까지 일본은 줄기차게 독도 문제를 국제사법재판소

(ICJ)로 가져가자고 떼를 썼다. 하지만 우리는 콧방귀도 뀌지 않았다. ICJ는 피고(한국)가 동의하지 않으면 재판 자체가 성립되지 않기 때문이다. '독도는 명백한 우리 땅인데, 왜 남의 법정에 가서 시비를 가리느냐'는 우리의 논리는 철벽이었다.

하지만, 1996년에 생긴 국제해양법재판소(ITLOS)는 달랐다. 이곳은 '강제 관할권'을 가진다. 즉, 유엔해양법협약 가입국이라면 피고의 동의가 없어도 재판에 끌려 나갈 수 있다는 뜻이다. 일본은 바로 이 점을 노리는 것이다.

우리가 일본 탐사선을 나포하는 순간, 일본은 '한국이 평화적인 과학 조사를 무력으로 방해했다'라며 즉각 제소할 것이다. 그렇게 되면 독도는 전 세계가 지켜보는 가운데 '국제 분쟁 지역'으로 낙인찍히고, 우리는 법정에서 일본과 피 튀기는 법리 싸움을 벌여야 한다. 승패를 장담할 수 없는 도박판에 강제로 앉게 되는 셈이다.

물론 빠져나갈 구멍은 있다. 협약은 '해양 경계 획정'이나 '군사 활동' 같은 민감한 사안에 대해서는 강제 재판을 거부할 수 있는 '선택적 예외' 조항을 두고 있다. 하지만 우리는 아직 그 '거부 선언'을 하지 않았다. 무방비 상태였다.

박 국장은 일본이 짠 시나리오를 머릿속에서 시뮬레이션

했다. 그들의 계획은 소름 끼치도록 정교했다.

1단계: 미끼를 던진다. 일본은 해양조사선을 동해로 보낸다. 우리 해경이 이를 막아서고, 나포나 충돌(당파) 같은 물리력을 행사하도록 유도한다. 충돌이 격렬할수록 일본엔 호재다.

2단계: 덫을 놓는다 (신속한 석방). 우리가 배를 나포하는 순간, 일본은 즉각 국제해양법재판소(ITLOS)로 달려간다. 유엔해양법협약 제292조, '선박의 신속한 석방' 절차를 밟는 것이다. 이것은 본안 소송과는 별개로 진행되는 간이 절차다. 하지만, 이를 통해 일본은 국제 법정의 스포트라이트를 받게 된다.

3단계: 숨통을 끊는다 (혼합 분쟁의 논리). 이것이 진짜 노림수다. 일본은 이렇게 주장할 것이다. "우리가 EEZ 경계를 못 긋는 이유는 독도가 누구 땅인지 안 정해졌기 때문이다. 그러니 재판소에서 독도 영유권 문제부터 해결해 달라." 이른바 '혼합 분쟁(Mixed Disputes)' 논리다. 과거엔 통하지 않았던 논리지만, 최근 기류가 심상치 않았다. 우고 까미노스(Hugo Caminos) 라는 ITLOS 재판관이나 영국의 보일(Boyle) 교수 같은 학자들이 "해양 경계 획정을 위해 필요하다면 재판소가 영유권 문제도 다룰 수 있다"라는 위험한 해석을 내놓고 있었다.

　박 국장은 자리에서 일어나 어두운 방 안을 서성였다. 다리가 후들거렸다. 해답은 찾았다. 하지만 이 해답은 판도라의 상자였다.

　"이걸 막으려면… 우리가 먼저 움직여야 해. 일본보다 먼저, 강제 재판을 거부한다는 선언서를 유엔에 제출해야 한다. 하지만 그게 가능할까? 정부가, 청와대가 일개 국장의 말을 믿고 이 거대한 외교적 결단을 내려줄까? 만약 실패한다면?"

　박 국장은 주먹을 꽉 쥐었다. 손톱이 살을 파고들었다. 두려웠다. 하지만 피할 수 없었다. 누군가는 고양이 목에 방울을 달아야 했다. 그것이 국익을 위해 사는 외교관의 숙명이자, 오늘 밤 하나님이 그를 흔들어 깨운 이유였다.

제9장

양날의 칼, 관할권 배제선언

2003년 7월 중순의 헤이그는 강렬한 여름 햇살을 쏟아내고 있었다. 평화궁의 붉은 지붕은 햇빛을 받아 황금빛으로 빛났다. '국제법의 수도'라는 칭호에 걸맞게 국제 분쟁 해결의 중심지인 평화궁의 유서 깊은 건물은 오랜 기간 정의의 무게를 지탱해 온 듯 엄숙하게 서 있었다.

평화궁의 깊숙한 곳, 헤이그 국제법 아카데미의 강의실에 박정도가 앉아 있었다. 3주간 진행되는 여름 강좌에 연수 온 것. 강의실에는 세계 각지에서 온 젊은 외교관, 학자, 국제법 연구자들이 빼곡히 앉아서 강연을 듣고 있었다.

그날의 강연자인 피터 슈라이버 교수가 막 칠판에

'Jurisdiction'이라고 적고 있었다. 제네바 대학 교수로 국제법 전공자라면 모르는 사람이 없는 석학. 그는 국제재판소의 재판관할권에 대해 차분한 어조로 설명하기 시작했다.

"국가 간 분쟁이 국제사법재판소(ICJ)에 회부되기 위해서는 무엇보다 중요한 전제조건이 있습니다. 바로 양 당사국이 모두 동의해야 한다는 것입니다. 동의는 세 가지 방법으로 부여될 수 있지요. 특별 협정에 의하거나, 사전에 ICJ의 강제 관할권을 인정하는 조약에 의하거나 또는 선택조항(Optional clause)에 의하거나…."

박정도는 교수의 말에 고개를 끄덕이며 필기했다.

"반면,"

슈라이버 교수는 준비한 슬라이드를 넘기며 덧붙였다.

"해양법 분쟁은 조금 다릅니다. 국제해양법재판소(ITLOS)는 ICJ와 전혀 다른 접근방법을 취하고 있지요. 해양법 재판소는 국가의 명시적인 동의 없이도 해양 분쟁에 대해 관할권을 행사할 수 있습니다. 그래서 국가가 원하지 않아도 재판절차가 개시될 수 있습니다. 물론, 국가는 이를 피하기 위해 관할권 배제선언이라는 장치를 사용할 수 있지요."

박정도의 손이 잠시 멈췄다. 배제선언, 그래, 바로 이것이었다. 1996년 유엔해양법협약에 가입했으나 아직까지 우리 정부가 사용하지 못한 카드.

강의가 끝난 후 그는 슈라이버 교수와 평화궁 내 벤치에 앉아 대화를 나눴다. 슈라이버 교수는 박정도의 자기소개에 웃으면서 말했다.

"한국이라…. 한국은 강대국에 둘러싸여 있어 국제법이 중요할 텐데…. 질문이 많아 보여요."

박정도는 머뭇거리지 않았다.

"교수님, 일본은 왜 자꾸 독도 문제를 국제사법재판소에 회부하자고 할까요? 중국이나 러시아와의 영토분쟁에 대해서는 회부하자고 주장하지 않으면서…."

교수의 눈빛이 잠시 날카롭게 빛났다.

"일본이 제소를 원하는 이유부터 생각해 봅시다. 독도는 한국이 실효적으로 지배하고 있지요. 한국 정부가 ICJ에 회부하는 데 동의한다면 스스로 영유권을 부인하는 꼴이 되지요. 왜냐하면 독도를 제삼자에게 회부하는 것은 독도가 한국 영토인지 아닌지 의문이 있음을 스스로 인정하는 셈이지요. 또한 실효적 지배를 하고 있는 측은 통상 재판에 나서기를 꺼립니다. 왜냐하면, 국제정치의 역학 관계상 결과가 불확실하니까요. 일본은 이를 잘 압니다. 그래서 국제사회에 '합리적 해결자' 이미지를 어필하고 한국을 '회피하는 국가'로 프레임화하려는 것이지요."

박정도는 깊게 숨을 들이켰다. 그간 외교 현장에서 느껴온 일본의 치밀함이 다시 느껴졌다. 이번엔 슈라이버 교수가 질문했다.

"한국은 국제해양법재판소의 관할권 배제선언을 했나요?"

"아직 하지 않았습니다."

박정도가 짧게 대답했다.

"왜죠?"

교수의 눈이 호기심으로 반짝이며 물었다.

"한국이 배제선언을 하지 않은 이유는 단순하지 않습니다. 우선, 해양 분야에서 국제규범 준수국이라는 이미지를 대외적으로 유지하겠다는 판단도 있고… 더 중요한 것은 실용적 관점입니다. 한국은 동중국해, 서해, 동해, 남해 등에서 해양 분쟁이 많은 나라예요. 해양 경계나 어업 분쟁 등 주변 국가와의 분쟁 가능성을 고려할 때 배제선언은 양날의 칼이 될 수도 있지요…."

슈라이버 교수의 표정이 순간적으로 진지해졌다.

"맞아요. 양날의 칼이죠. 배제선언은 재판소의 강제 관할권을 인정하지 않겠다는 국가의 의사표시죠. 의사표시를 하지 않거나 정치적 상황을 고려하지 않고 하거나 – 모두 역효

과가 날 수 있지요. 법이란 절대불변의 돌덩어리가 아니에
요. 시대와 상황에 따라 해석이 달라지고 예외가 허용되는
살아있는 규범이죠. 법 해석은 시대정신에 따라 변주됩니다.
그러므로 상황이 바뀐다면… 배제선언은 선택이 아니라 '필
수적인 방어선'이 될 수도 있지요. 재판소의 문은, 열어둘 수
도 있고, 잠글 수도 있어요. 그러나 그 문을 언제 여닫느냐
는… 국가의 가장 어려운 결단이 될 거예요."

슈라이버 교수의 그 말이 박정도의 가슴 속에 깊이 박혔
다. 이유야 어떻든 한국 정부는 배제선언을 하지 않았다. 언
젠가 이웃 나라들이 이 틈을 파고들지도 모른다는 불안한 생
각이 박정도의 머리를 스쳤다.

그날 오후, 박정도는 평화궁에서 멀지 않은 한적한 공원묘
지를 찾았다. 소나무 그늘이 드리운 길을 따라가자, 작은 이
정표가 모습을 드러냈다.

"이준 열사 묘역(墓域)"

그날은 마침 이준 열사 기일(7월 14일)이었다. 1907년 만국
평화회의 참석을 위해 이역만리 네덜란드까지 왔지만, 회의
장에 들어가지 못한 열사는 얼마나 마음이 아팠을까. 가슴이
먹먹해졌다. 그는 조용히 하얀 튤립 한 송이를 묘비 앞에 내
려놓았다. 묵념 후 박정도는 깊은 상념에 젖었다.

"만국평화회의에서 문전박대를 당하셨지만 이제 한국의 위상은 커졌습니다. 이곳 헤이그에 있는 국제형사재판소(ICC)나 구유고슬라비아 국제형사재판소(ICTY)에 재판관도 배출했습니다. 당신이 지키고자 했던 나라의 명예를… 저는 다른 방식으로 지키겠습니다. 당신이 살았던 시대처럼 여전히 힘의 논리가 지배하는 국제사회지만 국제법의 중요성은 날로 커지고 있습니다. 저는 국제법 학도로서 국제법으로 나라를 지키기 위해 갈고 닦겠습니다."

박정도는 조용히 눈을 감았다. 묘비 건너편에서 바람이 지나가며 나뭇잎이 서걱거리는 소리가 들렸다. 마치 오래전 누군가의 대답처럼.

제10장

벼랑 끝의 결단

새벽의 냉기 속에서 박정도는 전율했다. 벼랑 끝에 서 있음을 깨달은 그에게 공포가 엄습해 왔다. 한국 정부는 1996년 해양법협약에 가입하면서 국제재판소의 강제 관할권을 배제하는 '비상탈출구(배제선언)'를 만들어 놓지 않았다. 도대체 왜? 방심이었다. "독도 영유권은 해양법협약의 해석 문제가 아니니 굳이 선언하지 않아도 재판관할권에서 빠진다"라고 안이하게 믿었을 것이다. 배제선언이 양날의 칼이 될 수도 있는 상황이라 "나중에 하자"며 복잡한 검토를 미뤄둔 탓도 있었을 것이다.

문이 활짝 열려 있었다. 일본은 한국의 방심 때문에 열려 있는 문으로 들어오려는 것이다. 그들이 해양조사선을 띄우는 진짜 목적은 바다를 측량하려는 것이 아니었다. 한국을 국제법의 심판대로 끌어낼 '명분'을 축적하려는 것이었다. 일본의 소장(訴狀) 하나로 '독도의 분쟁지역화'는 현실이 된다. 재판 결과가 어떻게 나오든 법정에 서는 것 자체가 한국의 '외교적 참사'였다. 또한 결과에 따라서는 독도 영유권에 치명적 타격이 초래될 수 있었다.

"일본이 움직이기 전에 열린 문을 닫아야 한다!"

박정도의 입술이 바짝 탔다. 방법은 하나뿐이었다. 일본이 소송을 제기하기 전에 '강제 관할권 배제 선언'을 하는 것. 하지만 거대한 두 가지 벽이 가로막고 있었다.

첫 번째 벽은 '시간적 벽'이었다. 해양법 협약상 분쟁 해결 제도는 복잡하고 모호했다. 판례도 축적되지 않았다. 배제선언을 위해서는 복잡성과 모호성으로 가득한 미로를 헤쳐 나가야 한다.

또한 배제에 따르는 단점에도 대비해야 한다. 일단 배제를 하게 되면 한국이 소송을 제기하고자 할 경우, 제약이 따를 수 있다. 예컨대, 훗날 서해에서 중국과 EEZ 분쟁이 생길 경우, EEZ 경계획정 문제를 해양법 재판소에 회부할 필요성이 발생할 수 있다. 스스로 손발을 묶는 격이 될 수도 있는 것이다. 국익을 위해 치밀한 득실 계산이 필요했다.

문제는 시간이었다. 일본은 해양조사선 두 척을 동해로 보낼 방침을 세웠다. 수일 내로 동해에서 충돌이 일어날 수 있다. 충돌이 일어나는 순간, 일본은 해양법 재판소에 소장을 제출할 것이다. 충분한 검토를 위한 시간이 절대적으로 필요했다.

더 큰 문제는 '절차적 벽'이었다. 이 선언은 외교부 장관이 서명해서 유엔에 보내면 되는 간단한 행정 처리가 아니었다. 유엔에 선언서를 기탁하기 위해서는 국무회의 심의와 대통령 재가를 받아야 한다. 외교부 장관이 단독으로 결정할 수 있는 사항이 아니었다. 엎친 데 덮친 격으로 수장(首長)이 국내에 없었다. 유기상 외교통상부 장관은 아프리카 수 개국을 순방 중이었다. 장관도 없는 상황에서, 일개 국장이 청와대를 설득하고 정부를 설득한다? 그것도 일본이 눈치채지 못하도록 극도의 보안 속에서? 불가능에 가까운 미션이었다.

하지만 박 국장은 결심을 굳혔다. 배제선언을 추진하기로. 독도에 대한 영토주권이 훼손되는 것을 방지하는 것은 절체절명의 과제였다. 과정이 잘못되거나 결과가 틀어진다면? 모든 비난과 책임은 오롯이 자신의 몫이 될 것이다. 그는 떨리는 손으로 펜을 잡았다. 고독한 승부의 시작이었다.

2006년 4월 14일 금요일, 서울의 새벽. 먼동이 희붐하게 트고 있었다. 아직 도시가 잠에서 깨어나지 않은 시각, 시침은 오전 6시를 향해 달리고 있었다. 박정도 국장은 창밖의 잿빛 하늘을 응시하다 수화기를 들었다. 비상소집이었다. 수화기 너머로 신호음이 가는 동안, 그의 가슴 한구석이 묵직하게 저려왔다. 지난 수개월간, 조약국 직원들은 '저녁이 없는 삶'을 살았다. 밤새 서류 뭉치와 씨름하다 충혈된 눈으로 퇴근하던 직원들의 뒷모습이 눈에 밟혔다. 고마움은 늘 미안함이라는 그림자를 달고 다녔다. 하지만 지금은 감상에 젖을 때가 아니었다.

"김 과장, 미안하네. 지금 즉시 전 직원 비상 소집해 주게."

전화를 받은 김영표 국제법규 과장은 박 국장의 가장 든든한 참모였다. 고려대 정외과를 나와 외무고시를 수석으로 패스하고, 영국 에든버러 대학에서 국제법 박사 학위까지 받은 엘리트 중의 엘리트. 과묵하지만 빈틈없는 일 처리로 박 국장이 인간적으로 의지하는 동지였다.

1994년 유엔해양법협약이 발효된 이래 동북아에는 새로운 해양 질서가 태동하고 있었다. 한·중·일 3국은 각각 국내법을 제정하고 어업협정과 EEZ, 대륙붕 경계획정을 위한 회담을 개최했다. 산적한 과제 속에서도 김 과장은 묵묵히 박 국장의 방패가 되어 주었다.

　오전 8시, 국제법규과 사무실은 폭풍 전야의 고요 속에 잠겨 있었다. 긴급 연락을 받고 달려온 직원들의 낯빛은 해쓱했다. 수개월째 계속된 야근으로 얼굴은 창백했고 눈에는 핏발이 서 있었다. 박봉과 과로 속에서도 오직 '국익'이라는 사명감 하나로 버티는 사람들. 그들을 바라보는 박 국장의 마음 한켠이 먹먹해졌다. 이들의 모습이 자랑스러우면서도 짠한 마음이 깊게 스며들었다. 그러나 서로를 바라보는 눈빛에서는 진한 연대감이 솟구쳤다.

　박 국장은 동료들을 보며 헤밍웨이의 말을 떠올렸다. "용기란, 극한의 압박 속에서도 우아함을 잃지 않는 것이다." 그는 짐짓 태연한 척 평정심을 유지하며 입을 열었다.
　"다들 알다시피, 1996년 우리가 유엔해양법협약에 가입할 때 강제 관할권 배제선언을 하지 않았어요. 지금 폭풍우가 몰려오고 있는 상황에서 일본의 기습 제소를 막으려면 당장 배제 선언 안을 만들어야 해요."

　폭탄선언이었다. 잠시 정적이 흐른 뒤, 사무실은 치열한 난상 토론장으로 변했다. 조약국의 전통이었다. 노를 젓는 선원들이 방향을 모르면 배가 산으로 간다. 박 국장은 주요 문제에 대해서는 계급장을 뗀 토론을 주문했다. 처음엔 쭈뼛거리던 직원들이 시간이 지남에 따라 적극적으로 참여했다. 여러 사람의 전문성과 경험이 공유되자 정책의 완성도는 높아졌다. 무엇보다도 서로의 생각을 이해하게 되자 팀의 결속력이 높아졌다.

가장 먼저 침묵을 깬 것은 믿었던 도끼, 김영표 과장이었다.

"국장님, 반대합니다."

김 과장의 목소리는 냉철했다.

"국장님의 비상소집과 배제선언 추진은 '일본이 조만간 국제해양법재판소에 제소할 것'이라는 전제하에 있습니다. 하지만 현재 일본의 구체적인 움직임은 없습니다. 재외공관의 보고나 국정원 첩보도 전무합니다. 만약 우리가 대통령께 건의해서 일을 벌였는데, 나중에 근거 없는 설레발로 판명되면 그 책임은 누가 집니까? "

김 과장은 박 국장을 정면으로 응시하며 쐐기를 박았다.

"일본 탐사선 문제에 너무 몰입하신 나머지 오버하시는 것 같습니다. 재고해 주십시오."

아픈 지적이었다. 공무원 사회에서 '긁어 부스럼'은 금기다. 괜히 앞장섰다가 화살받이가 되어 사라진 사람이 얼마나 많았던가. 더구나 박 국장의 확신에는 간밤의 꿈, '하나님의 음성' 외에 뚜렷한 물증이 없었다. 그렇다고 직원들에게 "꿈에서 하나님이 그러시더라"라고 말할 수는 없는 노릇이었다.

이어 유복만 서기관이 나섰다. 하버드 로스쿨과 케네디 스쿨을 거친 그는 조약국 최고의 이론가였다.

"국장님, 이건 양날의 칼(Double-edged sword)입니다. 배제선언을 하면 독도는 지킬 수 있겠죠. 하지만 서해나 동중국해에서 중국이 우리 주권을 침해할 때, 우리 역시 국제 재판소에 제소할 권리를 잃게 됩니다. 손발이 묶이는 겁니다. 시간에 쫓겨 급하게 결정할 문제가 아닙니다."

논리적으로 완벽한 반박이었다. 성공하면 본전이지만, 실패하면 국익을 해친 역적으로 몰릴 수 있는 도박이었다.

마지막으로 박홍근 서기관이 현실적인 난관을 지적했다.

"절차도 문제입니다. 이 건은 장관님 결재를 거쳐 대통령 재가를 받아야 합니다. 그런데 유기상 장관님은 아프리카 순방 중이십니다. 수장도 없는 상황에서 이 엄청난 일을 어떻게 보고하고 처리합니까?"

사무실의 공기가 무겁게 가라앉았다. 직원들의 반대 의견은 일단 타당했다. 첩보도 없고, 부작용은 크며, 결재라인은 비어 있다. 여기서 멈추는 것이 합리적인 공무원의 처신일지도 모른다.

그때였다. 조용히 메모만 하던 막내 송기호 사무관이 펜을 책상에 '탁' 놓았다. 2년 전 외교부에 입부한 그는 내년 초 프랑스의 국립행정학교(ENA)에 연수를 앞두고 있었다. 그의 표정은 결연했고 눈은 흔들림이 없었다.

"선배님들!"

목소리가 다소 떨렸다.

"우리가 지금 두려워하는 건 일본의 반발입니까? 아니면 실패했을 경우 책임 때문입니까? 독도 영유권이 훼손되면… 그건 정책 실패가 아니라 역사적 책임입니다. 역사는… 우리의 핑계를 기억하지 않습니다. 결과만 기억합니다. 어려워도 배제선언 해야 합니다."

회의장이 정적에 잠겼다. 박정도는 입술을 다물었다. 맞다. 양쪽의 의견 모두 틀리지 않았다. 그리고 그는 누구보다도 이 결정의 무게를 알고 있었다. '잘못하면… 내 커리어는 물론, 지금까지 쌓아 온 명예가 한순간에 무너질 수도 있다.' 그 생각이 그의 가슴을 조여왔다.

동시에 그의 눈앞에는 독도가, 그리고 100년 전 국권 상실의 역사가 아른거렸다. 수년 전 이준 열사 묘소를 참배하며

자신에게 했던 다짐도 떠올랐다. '역사 앞에서 부끄럽지 않겠다고… 그때 분명히 결심했잖아.'

박 국장은 긴 침묵 끝에 입을 열었다. 목소리는 낮았지만, 바위처럼 단단했다. "다들 맞는 말이에요. 위험 부담이 크다는 것도, 내 결정이 무모해 보일 수 있다는 것도 알아요. 하지만 내 판단은 즉흥적, 직관적인 것이 아니에요. 최근 해양법재판소의 판례와 관할권 행사에 대한 동향을 고려한 것이지요."

그는 직원들을 하나하나 둘러보며 말을 이었다. 전문가들을 설득하기 위해서는 정교한 논리가 필요했다.

"우선, 대통령께서 일본의 수로측량 계획에 대해 단호한 대응을 강조하셨기 때문에 동해에서 한·일 간 해상충돌이 일어날 가능성이 높아요. 특히, 일본 선박이 한국 EEZ 내로 들어올 경우 나포할 가능성도 있어요. 이 경우 일본은 틀림없이 UNCLOS 제292조(선박과 선원의 즉시 석방)를 원용하여 재판소에 제소할 것으로 보여요. 여러분도 사이가 호(M/V Saiga)사건 등 여러 사건을 통해 신속한 석방제도에 대한 판례가 축적되고 재판소 고유의 법적 체계가 구축되고 있음을 잘 알고 있을 거예요."

"또 하나의 가능성은 일본이 동해에서 해상분쟁을 빌미로 해양경계획정 문제를 ITLOS에 회부하는 것이에요. 분쟁이 회부되면 재판소는 혼합분쟁으로서 독도 영유권 문제를 먼저 다룰 수 있지요. 이렇게 될 경우 우리의 독도 영유권에 치명적 결과가 초래될 수 있어요. 바늘구멍으로 황소바람이 들어온다는 말이 있어요. 만일 우리가 일본의 제소를 막지 못하면 두고두고 역사에 죄를 짓게 될 거예요."

박 국장의 머릿속에는 혼합분쟁에 대한 최근 동향이 떠올랐다. 불과 한 달 전 ITLOS 주관으로 세미나가 개최되었다. ITLOS의 관할권에 관련된 세미나였다. 세미나에서 아르헨티나 출신의 우고 까미노스(Hugo Caminos)라는 재판관은 영유권 분쟁과 해양 경계획정 분쟁이 혼합된 경우에는 ITLOS가 관할권을 행사할 수 있고 따라서 영유권 문제를 다룰 수 있다는 의견을 피력했다. 상당수 재판관도 동의했다.

영국의 보일(A.E. Boyle) 에든버러 국제법 교수도 ITLOS가 혼합분쟁에 대해 관할권을 행사할 수 있다고 주장했다. 그는 ITLOS가 직접적으로 영유권 문제를 다룰 수는 없지만 협약의 해석과 관련된 경우 영유권 분쟁을 먼저 결정할 수 있다는 입장이었다. 예컨대, 해양 경계획정 분쟁을 다룸에 있어 EEZ의 기점이 되는 도서가 당사국 간 분쟁 대상이라면 도서의 영유권 문제를 먼저 해결한 후에 해양 경계획정을 할 수 있다고 주장했다. 그는 근거로서 혼합분쟁이 일방의 제소로 ITLOS에 회부되는 경우 이러한 분쟁을 재판소가 다룰 수 없다는 규정이 없는 점을 들었다. 또한 UNCLOS 제293조 제1항에 '협약과 상충되지 아니하는 그 밖의 국제법 규칙'을 적용할 수 있다고 규정하고 있는 점도 들고 있었다.

요약하면 동해에서 EEZ 경계획정을 위해 독도 영유권 문제가 선결되어야 한다고 판단하는 경우, ITLOS가 영유권 문제를 다룰 가능성이 있다는 견해가 학계나 ITLOS에서 유력하게 제기되고 있었다.

박 국장의 목소리에 비장함이 실렸다.

"지금부터가 진정한 시작입니다. 우리의 커리어나 안위보다 더 소중한 것은 우리의 영토입니다. 독도의 역사에는 두 개의 중요한 변곡점이 있었다고 생각됩니다. 첫 번째이자 출발점은 1905년 시마네현 고시에 의한 일본의 독도 영토편입이었습니다. 두 번째 변곡점은 1951년 체결된 샌프란시스코 강화조약입니다."

"두 번의 역사적 변곡점으로 인해 일본이 독도가 한국 영토임을 부정하고 있는 것입니다. 일본의 한반도 식민 지배 과정에서 가장 먼저 희생되었던 독도는 지금까지도 일본으로부터 주권 회복을 부정당한 채 눈물을 흘리고 있는 것입니다. 만일 우리가 일본의 제소를 막지 못하면 이는 세 번째 변곡점으로서 두고두고 역사적 과오로 남을 것입니다."

박 국장은 주먹을 꽉 쥐었다.

"애국심은 추상명사가 아닌 보통명사입니다. 오늘 우리의 행동이 역사적 전기가 될지 과오가 될지는 우리의 행동에 달려 있습니다. 엄중한 역사적 무게를 감당하려면 저 혼자의 힘으로는 부족합니다. 여러분과 제가 함께여야 합니다. 오늘 우리의 단합된 노력이 역사에 두고두고 평가받는다는 자부심으로 함께…노력합시다. 대신…."

그는 잠시 뜸을 들이다가 단호하게 말했다.

"누군가는 선택의 무게를 감당해야 합니다. 이 일로 인해 발생하는 모든 책임은, 나 박정도가 혼자 집니다."

그 한마디가 직원들의 가슴에 불을 지폈다. 더 이상의 반론은 없었다. 국장이 목숨을 걸었는데, 직원들이 몸을 사릴 이유는 없었다. 즉시 업무가 분담되었다. 유엔해양법 협약상 분쟁 해결 절차 검토, 관할권 배제에 따른 제약사항, 배제 선언문(국·영문) 작성, 국내 절차 검토, 청와대 보고서 작성, 다른 나라의 배제선언 검토 등.

일사불란하게 움직이는 직원들의 눈빛은 더 이상 피로에

젖어 있지 않았다. 단순한 동료애를 넘어선 전우애(戰友愛)가 뜨겁게 타오르고 있었다. 가슴이 시릴 정도로 고마움을 느낀 박 국장의 눈가가 서서히 젖어 들었다. 고독한 선택의 순간에, 그는 더 이상 혼자가 아니었다.

제11장

비극의 서막—두 번의 변곡점

역사는 때로 한 사람의 야심, 혹은 한 번의 밀실 거래로 그 물줄기가 뒤틀리곤 한다. 박정도의 머릿속에서 시계태엽이 100년 전으로 감겼다. 2006년의 위기는 갑자기 솟아난 암초가 아니었다. 그것은 구한말(舊韓末), 국제정세에 어두웠던 조선이 힘없이 쓰러져 갈 때 잉태된 비극의 씨앗 때문이었다.

도쿄의 가스미가세키, 일본 외무성 정무국장실. 가을 햇살이 비스듬히 비추는 오후, 헐렁한 상의를 여민 사내가 복도 끝에서 긴장된 걸음으로 다가왔다. 문 앞에서 멈춰 선 그는 가쁜 숨을 몰아쉬며 명패를 바라보았다.

〈政務局長 山座円次郎〉 (정무국장 야마자 엔지로)

문을 두드리자, 안에서 낮고 단정한 목소리가 들렸다.

"들어오시오."

문이 열리고, 나카이 요자부로는 정중히 고개를 숙였다.

"오호, 그대가… 강치잡이 선주라는 나카이 요자부로인가."

야마자 엔지로는 금테 안경 너머로 날카로운 눈빛을 보냈다.

"예… 그렇습니다, 국장님. 바쁘신데 귀한 시간을 내주시어 감사합니다. 너무나 당돌한 부탁인 줄은 압니다만….'

나카이는 품에서 서류를 꺼내 두 손으로 바쳤다.

"… 삼가 제 청원을 받아 주십시오."

야마자가 서류를 집어 들었다. 내용은 간단했다. 그러나 문장을 훑는 그의 표정은 흥미로운 듯 금세 진지해졌다.

"음… 리앙쿠르 암초의 영토편입을 요청한다….'

야마자의 얇은 입술이 미묘하게 올라갔다.

"내무성에는 이미 제출했다고 했지요?"

나카이가 고개를 숙였다.

"예, 며칠 전 입니다만… 각하되었습니다. 내무성 지방국의 이노우에(井上) 서기관이 각하했습니다. 그는 '지금 일본과 러시아가 전쟁 중인데 외교상 영토편입을 할 시기가 아니다'라고 말했습니다. 나아가 그는 '이런 시국에 조선 영토라는 생각이 있는 황량한 암초를 차지하면 일본이 조선을 병합하려는 야심을 갖고 있다는 다른 나라들의 의심을 키우게 된다'라면서 청원을 각하했습니다."

외교상 적절한 시기가 아니라는 나카이의 말에 야마자의 눈꼬리가 올라갔다. 그는 책상 위 손가락을 천천히 두드렸다.

"조선이라…."

그는 눈을 가늘게 뜬 채 서류를 내려다보았다.

"조선의 영토라고 단정할 근거는 그대도 확인하지 못했지요?"

"예, 그렇습니다. 울릉도에서 조선 관원들에게 물었으나 명확한 답을 들을 수가 없었습니다. 리앙쿠르는 강치의 천국입니다. 강치가 얼마나 많은지…. 하지만 조선 어민들이 접근하면 언제라도 일이 복잡해질 것입니다."

순간 야마자의 두뇌가 재빨리 회전하기 시작했다. 그는 누군가. 그는 일본의 대륙 팽창정책을 지지하는 외교관으로서 조선의 지배 과정에 깊숙이 개입했다. 한마디로 일본 제국주의 확장을 설계하고 실행한 핵심 실무자였다. 당시는 러시아 발트함대가 극동으로 이동하면서 러일전쟁이 새로운 국면으로 접어들던 시점이었다. 야마자의 머릿속에는 독도 편입으로 얻게 될 전략적, 군사적 이익이 그려지기 시작했다. '다케시마에 망루를 세워 무선 또는 해저전선을 설치하면 러시아 극동함대를 감시하는 데 유용하게 쓰일 것이다.'

그는 나카이에게 의기양양하게 말했다.

"즉시 내무성에 가서 외무성의 입장을 전하세요. 외무성으로서는 다케시마 편입에 적극 찬성한다고. 청원서를 외무성에 즉시 회부하라고."

잠시 후 야마자는 결연한 목소리로 덧붙였다.

"내무성이 거절했어도 상관없어요. 내가 직접 다루겠소. 국제법이란… 결국 해석의 문제일 뿐. 무주지(無主地)의 선점(先占) – 이건 국제법상 인정되는 절차요. 일본이 먼저 점유·관리 의지를 보였다면 그 순간 그 섬은 일본 것이 되는 것이오."

야마자는 서류를 책상 한쪽으로 밀며 속삭이듯 말했다.

"이 일은 극비로 진행되오. 섣불리 입 밖에 내지 마시오."

외무성이 독도의 영토편입에 찬성한다는 입장을 표시하자 나카이가 낸 영토 편입원은 일사천리로 진행됐다. 그 과정에서 야마자 정무국장은 정책적 정당성과 국제법상 무주지 선점 논리를 제공하며 결정적인 역할을 했다. 서양으로부터 배운 국제법 지식을 활용하여 일본은 이미 19세기 후반에 본토로부터 멀리 떨어진 오가사와라(小笠原諸島)와 미나미토리시마 (南鳥島)를 영토로 편입한 바 있었다. 어부 나카이 요자부로가 국제법 전문가 야마자 엔지로를 만난 순간, 동해의 한 점 작은 섬에서 역사의 방향은 바뀌기 시작했다.

야마자 국장은 그 후 을사늑약을 강제로 체결하는 과정에서 핵심 브레인으로 일하게 된다. 1910년 일본은 한국을 강제로 병합했다. 그러나 제2차 세계대전에서 패전함으로써 한국의 영토는 원상회복되었다. 일본은 정당한 절차를 밟아 독도를 자국 영토로 편입했기 때문에 독도와 한반도의 강제병합과는 무관하다고 주장했다. 1905년 일본에 의한 독도의 영토편입이 굴곡진 독도 수난사의 시작이자 첫 번째 변곡점인 이유다.

시간은 흘러 1951년 11월 초, 도쿄 한복판 니혼바시에 있는 미쓰이 본관 6층. 전후 혼란의 그림자가 채 걷히지 않은 늦은 밤, 낡은 복도의 끝방에 불이 켜져 있었다. 그 방은 미국 대사대리, 윌리엄 시볼드의 사무실이었다.

문 앞에 선 남자는 외무성 조약국 제1과장 시모다 다케소 (下田武三). 잠시 숨을 고르던 그가 문을 두드렸다.

"들어오시오."

낮은 목소리가 안에서 들려왔다. 문을 열자, 시볼드가 책상 위에 샌프란시스코 평화조약 초안과 미군정 관련 문서를 펼친 채 시모다를 기다리고 있었다. 시볼드가 먼저 말을 꺼냈다.

"또 보고서인가, 시모다 과장."

시모다는 두꺼운 서류 봉투를 꺼내며 조심스럽게 고개를 숙였다.

"네, 다케시마에 관한 자료입니다. 한국 입장에 대한 반박 자료와 다케시마의 전략적 가치 분석… 부탁드립니다."

시볼드가 봉투를 빼앗듯 받아 들었다.

"한국은 지금 국제정세와 미국의 전략을 이해하지 못하고 있어. 극동에서 소련을 견제하려면, 일본을 빨리 부흥시켜야 해."

일본계 여자를 아내로 두고 일본어와 일본 문화를 잘 아는 그가 시모다를 흘겨보며 씩 웃었다.

"이게, 당신들이 원하는 방향이기도 하지?"

시모다는 말없이 고개를 끄덕였다. 시볼드가 문서를 훑기 시작했다. 전등 한 개가 두 사람 사이에 긴 그림자를 드리우고 있었다.

"다케시마는…."

시볼드가 말을 멈추고 문서를 책상 위에 내려놓았다.

"국무부가 작성한 초안에는 한국에 반환해야 할 영토로 명시되어 있더군. 1차부터 5차까지 계속….”

시모다의 손이 잠시 떨렸다. 하지만 그는 주먹을 쥐고 이를 꽉 깨물며 말했다. "그래서… 그래서 제가 이렇게 오는 겁니다. 다케시마는 조선을 식민 지배하기 이전인 1905년에 무주지였기 때문에 편입한 겁니다. 그 후에도 일본이 계속 관리해 왔어요. 여기 관련 자료를 가져왔으니 읽어 보시길 바랍니다."

그는 작은 목소리로 덧붙였다.

"미국이 소련을 견제하기 위해서도 다케시마가 일본 영토로 남는 것이 유리할 겁니다."

"좋다, 좋은 이유야. 내가 노력해 보지."

다음날 시볼드는 워싱턴에 전문을 보냈다.

"독도는 예전부터 일본이 실효적으로 지배해 온 섬입니다. 여기에 기상 관측소와 레이더 기지를 세우면 미국의 안보에도 큰 도움이 될 것입니다."

그는 일본 외무성이 작성한 영유권 주장 책자도 보냈다. 냉전의 시작, 공산주의의 팽창을 막기 위해 일본을 '반공의 보루'로 키우려던 미국의 이해관계와 일본의 로비가 접점을 찾았다. 6차부터 9차 초안에서는 독도가 일본 영토에 포함되었다.

한국은 태평양을 건너 벌어지고 있는 거대한 음모를 까맣게 몰랐다. 전쟁의 폐허 속에서 생존을 위해 몸부림치느라 우리 땅이 거래되고 있는 현장에 초대받지도 못했다.

1951년 체결된 샌프란시스코 평화조약에선 독도가 일본 영토라는 대목이 빠졌다. 영국과 호주가 반대하자 미국이 한 발 물러선 것. 그렇다고 한국에 반환되어야 할 영토 목록에서도 빠졌다.

조약에서는 "일본은 한국 독립을 인정하면서 퀄파트(제주도), 해밀턴 항구(거문도)와 다즐렛(울릉도)과 같은 여러 섬을 포함하는 한국에 대한 모든 권리, 권원과 청구권을 포기한다"라고 명시했다.

독도는 어디에도 없었다. 이 애매모호한 침묵이 바로 두 번째 변곡점이었다. 그리고 이 침묵은 훗날 "독도는 반환 목록에 없었으니 여전히 일본 땅"이라는 일본 측 억지 주장의 불씨가 되었다.

박 국장은 눈을 감았다. 역사의 수레바퀴 소리가 들리는 듯했다. 만약 야마자가 없었다면? 만약 시볼드가 없었다면? 역사에 가정(IF)은 없다지만, 그 '만약'들이 뼈아픈 현실이 되어 오늘 우리의 목을 조르고 있었다.

토머스 칼라일은 말했다. "역사는 수많은 개인사의 정수 ⒜精髓⒝"라고. 두 개인의 선택이 100년의 시공을 넘어 지금 박 국장을 짓누르고 있었다. 역사는 묻는다. "그때, 그 자리에서 당신은 어떤 선택을 했는가?" 이 질문은 박정도와 조약국 직 원들에게도 같은 무게로 떨어지고 있었다.

"이제 내 차례다."

그는 다짐했다. 선조들이 지키지 못했던 그 섬, 강대국의 논리에 휘둘려 지도에서 지워질 뻔했던 그 작은 바위섬을, 이번에는 기필코 지켜내리라. 이것은 100년 전의 빚을 갚는 응전이자, 역사의 세 번째 변곡점을 막아내기 위한 그의 사 명이었다.

제12장

진검승부—창과 방패의 대결

도쿄 가스미가세키의 밤공기는 유난히 습했다. 그러나 외무성 청사 7층 국제법국의 공기는 마치 수술을 앞둔 외과 병동처럼 건조하고 팽팽했다.

국제법국장 사토 아키라(佐藤聡)는 텅 빈 사무실 안에서 창밖을 내다보고 있었다. 마른 체형에 깔끔하게 뒤로 넘긴 흑발, 광택이 나는 금테 안경을 쓴 50대 중반의 사나이. 외무성에 들어온 지 30여 년, 그는 일본 외교의 빛과 그늘을 모두 경험한 산 증인이었다. 그는 커리어의 대부분을 국제법국에서 국제법 전문가로 일했다. 국제법국은 외무성에서도 손꼽히는 엘리트만 들어올 수 있는 핵심 조직. 법률가, 전략가, 외

교관으로서 3중의 역할을 정교하게 수행해야 하는 곳. 사토
는 특히 국제법국에 대한 자부심이 남달랐다.

"국제법국은 일본 외교의 두뇌다. 정치가 어려울 때나 외
교가 압박을 받았을 때도 결국 나라를 살려낸 것은 우리였
다."

마음속으로 중얼거리고 있을 때 비서가 와서 말했다.
"회의 준비가 되었습니다."
사토는 국장 방을 나와 회의실로 발걸음을 옮겼다.

그는 텅 빈 복도를 천천히 걷으며 벽에 걸린 흑백 사진들
을 바라보았다. 하나하나가 바로 국제법국(전 조약국)의 역사였
다. 서구 열강과의 불평등 조약 개정 교섭에 뛰어들었던 메
이지 시대의 선배들, 제국주의 팽창 과정에서 일본의 식민
지 지배를 법적으로 정당화했던 태평양 전쟁기 법률가들, 패
전 후 극동 국제군사재판에서 일본 피고인들에 대한 재판을
'승자의 정의'라고 비판하며 변호를 지원하고 정부의 입장을
대변했던 변호팀, 샌프란시스코 평화조약 체결 과정에서 치
밀한 국제법적 논리로 일본에 불리한 전후 처리를 최소화했
던 외교관들, 전후 미일동맹을 축으로 실리외교의 기틀을 마
련한 설계자들, 한국, 중국, 러시아 등 주변국과의 역사 문제

및 영토 분쟁의 최전선에서 정부 입장을 대변해 왔던 이론가
들….

사토는 그 모든 시선을 느끼며 천천히 회의실로 들어섰다.
직원들의 시선이 일제히 그에게 향했다.

"시작하시죠."

짧고 낮은 목소리가 방안에 깊이 울렸다.

먼저 이토 국제법규과장이 일어섰다.

"워싱턴, 파리, 뉴욕, 제네바 재외공관을 중심으로 총 9명
의 해양법 학자 및 국제법 변호사와 접촉했습니다. 그중 5명
은 이미 '비공식 자문'을 제공하기로 했고 계약 체결을 준비
중입니다"

사토의 눈빛이 반짝였다.

"재판관 접촉은?"

"현재까지 해양법재판소 재판관 21명 중 직·간접적으로
의견을 확인한 재판관은 7명. 그중 4명은 우리 논리에 우호
적이거나 '이해할 수 있다'라는 입장을 표명했습니다. 단, 한
국이 움직이기 전에 서류를 제출해야 합니다. 그들이 배제선
언을 하면 상황은 달라집니다."

사토는 천천히 고개를 끄덕였다.

이어서 나이 지긋한 도조 공사가 일어났다.

"국장님, 국제 여론 전략을 수립했습니다. 국제해양법재판소에 소장(訴狀)이 접수되는 즉시, 뉴욕타임스, 파이낸셜타임스, 이코노미스트, 르 몽드 등 세계 주요 언론 관계자와 비공식 미팅을 가질 예정입니다."

그는 도표가 그려진 전략 문서를 펼쳤다.

"주요 논지는 일본의 해저 탐사선에 대한 한국의 국제법 위반행위입니다. 직접적인 영토 문제로 비치는 것을 피하면서 국제사회에 한국이 '국제규범 위반자'로 각인되도록 유도하는 방향입니다."

사토 국장이 단호하게 말했다.

"좋아요. 국제 여론전은 선제적으로 해야 해요. 소장이 제출되는 즉시 외교 망을 총동원해서 승기를 잡는 것이 중요하다는 것, 명심하세요."

뒤이어 뿔테안경을 쓴 사카키바라 서기관이 보고했다.

"제소문(提訴文) 초안은 90% 정도 완료됐습니다. 핵심 구조는 다음과 같습니다.

1. 한국 정부에 의한 일본의 해양과학 조사 방해 행위가 해양법 협약 위반임을 적시
2. 한국이 우리 조사선을 나포할 경우 UNCLOS 제292조를 원용하여 선박과 선원의 즉시 석방 요구

3. 국제법에 따른 분쟁 해결 의지를 강조하여 도덕적 우위
    확보
4. 문제의 근원인 일본해에서의 EEZ 해양경계획정 요구
5. 상황에 따라 혼합분쟁으로서 다케시마 영유권 문제 판
    결 요청”

그는 서류를 국장에게 주었다. 마지막으로 이노우에 서기
관이 ITLOS와 ICJ의 판례 분석을 보고했다.

모든 보고가 끝나자, 회의실이 조용해졌다. 직원들의 시선
이 사토에게 집중되었다. 그는 안경을 고쳐 쓰며 결연한 표
정으로 말했다.

“금번 일본해에서 해양조사 충돌 가능성은 오랜만에 찾아
온 ‘역사적 기회’입니다. 일본이 국제사회에서 다케시마에
대한 '합법적 우위'를 점할 수 있는 절호의 순간이죠. 한국은
배제선언을 하지 않았고 아직 우리의 제소 움직임을 모르고
있어요. 우리는 창을 제대로 벼려서 한국에 회심의 일격을
가해야 해요.”

그는 목소리를 더욱 낮추었다.

“그리고··· 이번 작업은 절대 극비입니다. 외부 접촉, 비
공식 교섭, 심지어 부처 간 보고까지도 최소한으로 제한하세

요. 한국이 눈치채는 순간, 우리 노력은 허사가 돼요. 모두 명심하세요."

회의가 끝났다. 회의실 안에 서늘한 정적이 내려앉았다.

비슷한 시각, 서울 세종로 외교부 청사 6층 조약국장실. 유리창 너머로 한밤의 불빛이 희미하게 번져왔다. 박 국장은 혼자 앉아 불빛을 바라보고 있었다. 대학 시절, 그는 강화도조약과 샌프란시스코 평화조약 체결 당시 한국이 겪었던 굴욕의 기록을 붙잡고 밤을 지새웠다.

"국제법을 모르면 나라의 운명이 휘둘리겠구나."

그때 다짐했다. 국제법 전문가가 되기로.

"이번엔 절대 당하지 않아야 한다. 창에 찔리기 전에 방패를 완성해야 한다."

오랜 세월, 한반도에서는 창과 방패의 대결이 반복되었다. 한쪽은 끊임없이 창날을 벼려 찔렀고, 다른 한쪽은 깨진 방패의 틈을 메우며 공동체의 생존을 위해 온 힘을 쏟았다. 공격은 적극적이었고 방어는 필사적이었다. 길고 지난한 공방 속에서 상처는 화인(火印)처럼 깊어졌고, 창과 방패의 무게는 세대를 이어 되물림되었다.

박 국장은 지금쯤 창을 예리하게 갈고 있을 일본 외무성의 사토 국장을 머리에 떠올렸다. 국익이라는 제단 앞에서 사토는 한순간도 흐트러짐이 없었다. 그는 승리를 쟁취하기 위해 자신의 영혼마저 숫돌에 갈아 넣을 사내였다. 실제로 그가 내밀었던 치밀한 법리적 논리와 방대한 자료 앞에서, 박 국장은 몇 번이고 서늘한 전율을 느껴야 했다.

그 지독한 준비성과 치열함은 적으로서 느끼는 증오를 넘어, 어느덧 경외라는 이름의 감정으로 변해 있었다. 사토라는 사내가 짊어진 일장기의 무게와 박 국장 자신이 짊어진 태극기의 무게는 결코 다르지 않앗다. 그가 창을 정교하게 세공할수록, 박 국장 또한 어떤 창도 뚫지 못할 난공불락의 방패를 벼려내야만 했다. 그것이 각자의 조국을 등에 업은 두 검투사가 서로에게 표할 수 있는 유일한 예우이자 꺾이지 않는 자존감의 표상이었다.

그가 생각에 잠겨 있을 때, 문이 조심스럽게 열렸다.

"국장님, 준비가 모두 끝났습니다."

비서의 말에 박 국장은 자리에서 일어나 회의실로 향했다. 회의실에서는 긴 타원형 테이블을 중심으로 과장, 서기관, 사무관 등이 차례로 자리를 잡았다. 묵직한 긴장감이 감돌았다.

"그럼, 시작하겠습니다. 김 과장, 우선… 배제선언 문안부터 보죠."

김 과장은 보고에 앞서 서류를 국장에게 주었다.

"예, 국장님. 유엔해양법협약 297조와 298조에 근거한 배제선언 초안입니다. 검토에는 이미 배제 선언한 24개 국가의 경우를 참고했습니다. 3페이지에 자세한 분석이 담겨 있습니다. 일본이 해양경계획정이나 해양과학조사를 이유로 제소할 경우, 이를 차단하는 것을 목표로 작성했습니다. 다만, 해양경계획정 전체를 배제토록 하되 한국이 중국을 상대로 제소할 필요가 있을 때는 선언을 철회하고 제소하면 될 것으로 판단됩니다."

박 국장이 고개를 끄덕이며 말했다.

"좋아요, 전체적으로 잘된 것 같아요. 다만, 동중국해에서 제3국 간 자원개발 분쟁이 발생하면 한국의 소송참가가 필요할 수 있어요. 이런 경우에 대비해서 소송에 참가할 권리를 유보한다는 '면제 조항(disclaimer)'을 삽입하면 어떨까요?"

김 과장이 입술을 굳게 다물고 고개를 끄덕였다.

"국장님 말씀… 전적으로 동의합니다."

이어 박은정 서기관이 보고했다.

"국내 절차는 세 단계로 나뉩니다. 첫째, 선언문 검토와 장관 보고 둘째, 국무회의와 대통령 재가 셋째, 유엔 사무국 기탁입니다."

박 서기관이 걱정스러운 표정으로 덧붙였다.

"현재 장관님께서 아프리카 순방 중이셔서 나흘 뒤에나 오시는데…"

박 국장이 긴장된 목소리로 말했다.

"그래요. 그 문제는 제가 방법을 강구해 보지요."

다음으로 유복만 서기관이 유엔 사무국 기탁 절차에 대해 보고했다.

"기탁은 사무국 법무실 조약과에서 담당합니다. 문안을 영문으로 확정한 후 장관 명의의 공한으로 송부합니다. 유엔 대표부 유 서기관에게 비밀리에 담당자를 만나 기탁 관련 사항을 사전 체크해 두도록 이야기해 두었습니다."

마지막으로 박홍근 서기관이 언론 대책에 대해 보고했다.

"배제선언을 기탁하기 전까지 언론에 새어 나가지 않도록 하는 것이 중요합니다. 기탁 후 어떤 내용으로 발표할지는 추가 검토가 필요할 것으로 생각됩니다."

박 국장은 조용히 손을 모았다. 한동안 말이 없자 모두가 그를 바라보았다. 그는 천천히 입을 열었다.

"여러분, 지금 일본은 창을 벼리고 있습니다. 독도를 향한 창을… 그 창을 정면에서 맞을 수는 없습니다. 우리가 먼저 단단한 방패를 완성해야 합니다."

그는 테이블 위 서류를 바라보며 말했다.

"오늘 보고된 내용, 모두 훌륭합니다. 수고 많았습니다. 하지만 이것만으로는 부족합니다. 일본의 국제법국은 치밀하고 끈질기고 한번 물면 절대 놓지 않습니다. 우리는 그보다 훨씬 더 정교해야 합니다."

그리고 나직한 목소리로 덧붙였다.

"회의 내용은 철저히 비공개입니다. 배제선언 준비는 외부에 단 한 줄도 나가선 안 됩니다. 유엔 대표부에도 다시 한 번 주의를 주세요."

박 국장이 회의를 마치고 일어서는 순간, 비서가 회의실에 들어왔다. 그녀는 다소 상기된 표정으로 말했다.

"국장님, 장관님이… 급거 귀국하신대요. 빙모상을 당해서 남은 일정을 취소하시고 귀국 중에 계시대요."

순간 공기가 변했다. 마치 캄캄한 어둠 속에 횃불이 켜진 것처럼, 침체했던 분위기가 한순간에 환해졌다.

"장관님이… 돌아오신다고?"

박 국장은 속으로 놀라지 않을 수 없었다. 꿈속의 하나님 말씀을 듣고 여기까지 매달렸다. 그러나 장관이 밖에 계시니 앞으로 어떻게 할지 막막했다. 돌아가신 분께는 죄송하지만 이제 배제선언을 적극적으로 추진할 수 있는 길이 열린 것이다.

박 국장은 감았던 눈을 뜨며 확신에 찬 표정으로 말했다.

"좋아. 막혔던 길이 드디어 뚫린 거야."

안도감 속에 직원들은 하나가 되었다.

이튿날 4월 15일은 토요일이었다. 그는 간밤에 늦게까지 수고해 준 직원들이 이날만은 집에서 쉬도록 배려했다. 토요일 아침의 청사 복도는 텅 비어 있었고 형광등 몇 개만이 희미하게 켜진 채 회색빛을 흘렸다. 책상에 앉은 박정도는 어젯밤 직원들이 작성한 배제선언문 초안을 한 장씩 살펴보았다.

오전 10시, 박 국장은 이광수 해양경찰청장의 전화를 받았다. 박 국장과 이 청장은 안보 장관 회의 등에서 자주 만났다. 한·일 간 긴장이 고조되자 실무 책임자로서 정보를 공유하고 정부 대응 방안을 협의하기 위해서였다. 그는 사법고시에 합격했으나 판·검사를 택하지 않고 경찰에서 커리어를 쌓아 해경청장에 오른 사람이었다. 국제법에도 해박했다.

박 국장은 이 청장에게 해경이 '비례의 원칙'에 따라 대응해 주도록 요청했다. 자칫 나포나 당파 등으로 해상충돌이 일어날 경우 일본 속셈에 말려들 수도 있다고 강조했다. 이

청장은 박 국장의 설명을 이해하면서도 대통령으로부터 단호하게 대처하라는 지시를 받았음을 상기시켰다.

전화 목적은 해경이 독도 주변수역에서 실시하는 훈련에 대해 알려주기 위해서였다. 이 청장은 일본 조사선이 동해에 진입할 가능성이 커짐에 따라 경계 강화 지시를 내렸으며 총 18척의 함정이 참가하는 훈련이 곧 시작될 예정이라고 알려왔다. 또한 훈련 상황이 텔레비전으로도 방영될 예정이니 시청하도록 권유했다.

박 국장은 TV 채널을 켰다. 이 청장의 말대로 해경의 훈련 상황이 방영되고 있었다. 훈련에는 500톤, 1,000톤, 5,000톤급 경비함 18척이 참여하고 있었다. 해군 경비함의 갑판은 유난히 분주했다. 무전기가 쉴 새 없이 울렸고, 지휘관의 목소리는 긴장으로 굳어 있었다.

"일본 해상보안청 조사선이 곧 독도 주변수역으로 들어올 것이라는 첩보가 들어왔다. 우리는 지켜야 한다. 독도는 우리의 땅이다. 절대 한 치도 양보하지 않는다."

대원들의 발걸음이 빨라졌다. 화면에서는 조사선에 경고 방송과 물대포를 쏘는 모습이 방영되었다. 이와 함께 실제 충돌이 발생할 것에 대비하여 밀어내기와 나포 훈련도 시행했다. TV로 보는 훈련은 단순한 훈련이 아니었다. 조만간 일본의 조사선이 나타날지도 모른다는 현실적 위기감 속에서 진행된 실전 같은 대비훈련이었다.

한편, 일본의 해상자위대는 독도와 가까운 마이즈루(舞鶴) 항 앞바다에서 대규모 해상 훈련을 시행하고 있었다. 박 국장이 입수한 첩보에 따르면 훈련에는 호위함 등 함선 20척과 해상자위대 병력 4,000명이 동원되었다.

TV를 보는 박 국장의 마음 한편에 두려움이 피어올랐다. 혹시라도 바다에서 물리적 충돌이 발생한다면 심각한 외교적 분쟁으로 번질 수도 있었다.

그날 오후 2시 박 국장은 이대 목동병원에 있는 빈소를 찾았다. 빈소는 붐볐다. 상주인 유 장관의 인품을 반영하듯 외교부 및 관계(官界) 인사들의 행렬이 이어졌다. 두 손을 모아 기도하거나 향을 올리는 조문객들의 얼굴마다 상주와 망자에게 바치는 존경과 애도의 빛이 어려있었다. 망자가 90을 훨씬 넘어선 까닭인지 비통함보다는 따뜻한 덕담이 더 많이 오가고 있었다.

박 국장이 몇몇 외교부 직원에게 인사를 건네고 있을 때 누군가가 박 국장을 불렀다. 청와대의 황민우 외교안보실장이었다. 그는 박 국장을 아무도 없는 한쪽 구석으로 불러내더니 조용한 목소리로 속삭였다.

"박 국장, 대통령님의 지시가 있으니, 독도가 EEZ 기점으로 사용될 수 있는지를 검토해 주세요."

"네, 이미 검토 중입니다. 내부적으로도 검토하고 있고 외국의 저명한 학자들에게 비밀리에 용역을 주어 검토케 하고 있습니다."

박 국장의 목소리가 더 낮아졌다.

"그런데 실장님, 사실 그보다도 더 중요한 게 있습니다."

"지금 독도 문제보다 더 중요한 게 있어요? 뭐예요?"

황 실장의 목소리도 조바심이 묻어나는 듯 점점 말의 속도가 빨라졌다.

"동해에서 일본의 해양조사선이 나포되거나 충돌이 발생할 경우에 대비하여 일본 정부가 후속 조치를 준비하고 있는 것 같아요."

"후속 조치라면 무엇을 뜻해요?"

"아마도 국제해양법재판소에 한국을 제소하기 위해 준비하고 있을 가능성이 높습니다."

"아니, 우리 정부의 동의 없이도 재판소가 관할권을 행사할 수 있나요?"

"네, 국제사법재판소와는 달리 국제해양법재판소는 강제관할권을 원칙으로 하기 때문에 일본이 제소하면 우리가 끌려가게 되어 있습니다. 이것을 막으려면 우리 정부가 신속하게 배제선언을 해야 합니다."

황 실장의 속삭임은 조심스러웠지만, 긴장한 탓인지 미세하게 떨렸다.

"그래요? 그렇다면 대통령께 보고해야겠네요. 보고자료를 빨리 보내주세요."

"네, 바로 보내드리겠습니다. 이 문제는 절차상 장관님께 보고드려 장관님의 결심이 서면 국무회의를 거쳐서 대통령의 재가를 받아 시행해야 합니다. 다만, 일본이 눈치채지 못하게끔 극비로 해야 합니다."

"알았어요. 빨리 장관님께 보고드려 결심을 받으세요."

박 국장은 차례가 되어 고인의 영정사진 앞에 섰다. 고개를 숙이고 두 손으로 꽃을 받쳐 들었다. 하얀 국화를 영정 앞에 내려놓은 후 눈을 감고 고인의 명복을 빌었다. 침묵 속의 기도가 끝난 후 그는 유 장관에게 다가가 인사했다.

"여러모로 상심이 크시겠습니다. 황망하실 줄 알지만…

부디 기운 내시길 바랍니다."

그 한마디는 바람에 스미듯 낮았으나 진심이 담겨 있었다. 박 국장은 외교관 초년병 시절부터 유 장관과 인연을 맺었다. 유 장관이 미주국장을 할 때 처음 만났다. 그 뒤 약 20년간을 과장, 국장으로 모시고 일할 기회가 있었다. 박 국장을 조약국장으로 임명한 것도 유 장관이었다. 박 국장에게 유 장관은 성실의 표상이었다. 박 국장은 유 장관을 모시고 일하면서 이분의 성실함을 배워야겠다고 늘 다짐했다.

"박 국장, 바쁜 데도 와 주어 고마워요. 마음만으로도 저와 제 처에게 큰 힘이 됩니다."

오고 가는 위로와 감사의 말에서 따스한 온기가 느껴졌다. 그러나 박 국장의 머릿속 한켠에는 빨리 보고해야 한다는 초조함이 배어 있었다. 박 국장은 유 장관에게 한 걸음 앞으로 다가갔다. 그리고 소리를 낮추어 말했다.

"이 자리에서 이런 말씀을 드려 정말 송구합니다만…. 장관님, 제가 급히 보고드릴 것이 있습니다."

유 장관은 순간 놀란 듯 눈을 깜빡였으나 곧 애써 미소를 지으며 물었다.

"무엇에 관한 거예요?"

"네, 일본의 해양과학조사와 관련된 것입니다. 이런 말씀을 드릴 자리가 아님을 알지만 급해서 그러니 꼭 시간을 내주십시오."

박 국장의 긴장된 표정에서 유 장관은 뭔가 심상치 않은 일이 있음을 느꼈다. 직업 외교관으로 일하면서 체득한 경험을 바탕으로 상황이 급박하게 돌아가고 있음을 즉각 감지했다.

"아무리 바빠도 중요한 일이 있으면 보고를 받아야지요. 고인의 화장만 끝나면 바로 보고받지요."

조문을 마친 박 국장은 빈소에 있던 장관 비서관과 일정을 협의했다. 보고는 다음 날인 4월 16일 오후 5시로 잡혔다.

제13장

007작전—대통령의 재가

4월 16일 일요일 오후 5시. 한남동 외교부 장관 공관. 적막이 흐르는 회의실에 긴급 소집된 외교부 간부들이 모였다. 차관, 차관보, 아태국장, 장관 보좌관… 모두의 표정엔 주말 휴식의 여유 대신 긴장감이 서려 있었다.

고인에 대한 애도의 분위기를 업무로 망치는 것 같은 미안함이 박 국장의 마음을 짓눌렀다. 한없는 민망함 속에서도 기회를 놓칠 수 없다는 절박감이 고개를 들었다. 박 국장은 미리 배포한 보고서를 바탕으로 보고를 시작했다.

"장관님, 고인의 장례가 끝나자마자 보고를 하게 되어 송

구스럽습니다. 휴일인데도 불구하고 시간을 내 주신 간부님들에게도 감사의 말씀을 드립니다. 저희 조약국은 일본 해상보안청의 독도 근해 해저탐사 계획에 대한 국제법적 대응 방안을 검토해 왔습니다. 독도 근해에 진입했을 때 어떻게 대응할 것인가에 대해 검토했고 검토 결과는 청와대 및 관계부처와 공유하고 있습니다.

그런데 검토 과정에서 한일 간 해상충돌이 발생할 경우 일본이 취할 수 있는 조치를 생각하게 되었습니다. 보고서에도 나와 있지만 일본은 해상충돌이 있을 경우 이를 근거로 국제해양법재판소에 제소할 수 있습니다. 이 경우, 독도 영유권에 심대한 부정적 영향이 있습니다. 아울러 정부는 국민의 날 선 비판에 직면할 것입니다. 그렇게 되면 우리 외교부는…"

좌중이 술렁였다. 사안의 중대성을 직감한 제2차관이 박국장의 말을 잘랐다.

"국제재판소가 관할권을 행사하기 위해서는 주권국의 동의가 전제되어야 하는 것으로 알고 있어요. 그런데 일본이 국제해양법재판소에 제소하면 우리 정부가 피할 방법이 없단 말이에요?"

"바로 그 점입니다. 그 부분에서 저희는 우리의 대응 방안에 큰 구멍, 아니 결함이 있는 것을 발견했습니다. 일정 범주의 분쟁에 대해 관할권을 배제한다는 일종의 유보를 해야 했는데 우리 정부는 가입할 때 유보를 하지 않았습니다. 따라서 언제라도 일본이 제소하면 우리는 무방비로 끌려가게 됩니다."

장관은 언제나 그렇듯 온화한 미소를 머금은 얼굴로 보고를 듣고 있었다. 그러나 박 국장의 답변이 여기까지 이르렀을 때 그의 이마에 깊은 주름이 파였다. 펜을 굴리던 손이 갑자기 멈췄다.

"이게 도대체 무슨 말이에요? 지금까지 10여 년이 지나도록 실무자들은 무엇을 했단 말이요?"

그의 목소리는 방안을 쾅 울렸다. 눈빛은 번개처럼 날카로웠고, 꽉 다문 입술에서는 단호한 분노가 흘러나왔다. 박 국장은 장관이 이렇게까지 화내는 경우는 과거에 보지 못했다. 장관은 늘 자애롭고 부드러웠다. 장관이 화를 내는 것은 보기 드문 일이었기에 모여있던 참모들의 숨소리마저 얼어붙었다.

박 국장은 금세 알아차렸다. 지금 터져 나온 분노는 단순한 감정 표현이 아니었다. 독도 문제를 둘러싼 중대성과 폭발적인 파급력을 간파한 노련한 외교관이 뿜어내는 즉각적인 반응이었다. 회의실은 무겁고도 서늘한 정적에 잠겼다. 분위기에 눌려 박 국장도 과거 전임자들이 왜 배제선언을 하지 못했는지를 설명할 수 없었다.

잠시 후 장관은 깊은숨을 고르며 박 국장에게 질문을 던졌다.

"박 국장, 그러면 지금이라도 배제선언을 할 수 있나요? 그 내용과 절차에 관해 설명해 보세요."

박 국장은 떨리는 손으로 자료를 다시 붙잡았다. 마음속으로는 지금 이 자리에서 말을 멈추고 싶었다. 하지만 눈앞에 있는 서류는 단순한 것이 아니었다. 그것은 독도의 미래와 국가의 안보가 걸려있는 중대사안이었다. 박 국장은 숨을 고르며 조심스럽게 입을 열었다.

"배제선언은 어느 때라도 할 수 있습니다. 배제선언의 내용에 대해서는 보고서 제3페이지를 봐주십시오. 먼저, 일본이 독도 문제와 관련하여 국제해양법재판소에 제소하는 것을 봉쇄하기 위한 예외 선언을 담았습니다. 다만, 동중국해에서 제3국 간 분쟁이 한국의 이익에 영향을 줄 경우를 가정하여 이 경우 한국이 소송에 참가할 권리를 유보한다는 단서 조항(disclaimer)을 포함했습니다.

절차 문제와 관련해서는, 협약상 재판소의 관할권을 배제하는 것이기 때문에, 국무회의 심의를 거쳐 대통령 재가를 받아야 합니다.

이 과정을 거치기 위해서는 차관회의를 건너뛰더라도 최소한 일주일 정도는 소요되리라 생각됩니다.

그런데 동해에서 한·일 간 해상충돌이 발생하면 일본은 기다렸다는 듯이 국제해양법재판소에 제소할 것으로 보입니다. 최대한 충돌 가능성이 있는 시기를 늦출 필요가 있습니다. 이를 위해 일본 정부에 협상을 제의해야 한다고 생각합니다. 성동격서(聲東擊西) 전략으로 일본의 관심을 협상으로 돌리면서 시간을 벌어 필요한 국내 조치를 마쳐야 합니다. 그리고….”

박 국장은 마른침을 삼키며 말을 이었다.

“만일에 대비하여 이미 준비된 유엔 사무총장 앞 기탁서에 장관님이 오늘 서명해 주시면 우리 직원에게 저녁 비행기를 타고 뉴욕으로 가져가도록 하겠습니다. 기탁서는 주유엔 대표부에 보관해 두었다가 본부에서 연락만 하면 바로 달려가서 유엔 사무국에 기탁할 수 있도록 준비시키겠습니다. 007작전처럼 은밀하고 신속하게 처리해야 합니다. 물론 국무회의 심의·의결과 대통령 재가를 받지 않은 선언서는 국내법 위반입니다. 그럼에도 불구하고 이는 일본이 언제라도 재판소에 제소할 수 있기 때문에 만일에 대비한 조치입니다. 우리로서는 어떻게든지 시간을 벌어 국내 절차를 완료한 후 선언서를 기탁하도록 해야 할 것입니다.”

박 국장의 답변이 끝나자, 회의실에는 잠시 정적이 흘렀다. 참모들은 장관의 반응을 기다리며 숨을 죽였다. 사안은 복잡했고 다양한 정치적, 법적, 안보적 함의를 내포하고 있어 신중한 검토가 필요해 보였다. 그러나 수십 년간 외교 일선을 누빈 베테랑 외교관의 판단은 빨랐다. 오랜 경험에서 축적된 직관과 판단력 때문이었다. 깊게 주름진 이마가 잠시 일그러지더니 단호한 목소리가 방안을 채웠다.

"좋습니다. 지금 즉시 실행에 옮기세요. 대통령 보고는 내가 직접 합니다. 조약국장은 금주에 있을 국무회의에 안건이 상정되도록 준비하세요. 기탁서는 직원을 보내지 말고 특별 파우치 편으로 유엔 대표부에 즉시 보내도록 하세요."

그의 말끝은 낮고 차분했지만, 그 안에는 흔들림 없는 확신과 냉철함이 담겨 있었다. 신속한 결정 속에서 오랜 세월 외교 전선의 최일선에서 단련된 외교관의 판단력과 추진력이 빛나고 있었다. 회의가 끝나기 전에 박 국장은 회의 참가자 전원에게 대외보안에 각별히 신경을 써달라고 부탁하는 것을 잊지 않았다. 만에 하나 이 사실이 알려지면 일본은 계획을 앞당길지도 몰랐다. 특히, 박 국장은 아태국에 신경이 쓰였다. 일본 대사관의 접촉 창구인 아태국은 업무 성격상 정보를 교환하는 일이 잦았다.

비밀작전은 일사천리로 진행됐다. 4월 17일 오전 10시 청와대 서별관에서는 안보 장관 회의가 개최되었다. 이 회의에는 외교부 장관, 국방부 장관, 해양수산부 장관, 국정원장, 청와대 안보실장과 해양경찰청장이 참석했다. 외교부 장관은 조약국이 작성한 자료를 토대로 우리 정부의 배제선언 추진 계획을 알렸다. 참석자 모두는 이 문제를 하루빨리 처리해야 한다는 데 동의했다.

한편, 박 국장은 한국 정부의 배제선언 기탁서를 2급 비밀로 하여 특별 파우치 편으로 주유엔 대표부에 발송했다. 국내 절차가 끝나지 않았으나 만일에 대비한 포석이었다. 그리고 2급 비밀로 된 전문을 보냈다. 요지는 아래와 같았다.

1. 우리 정부의 국제해양법재판소 관할권의 배제선언을 위한 유엔사무총장 앞 장관 명의의 기탁서를 특별 파우치 편으로 송부했으니 수령할 것.

2. 기탁서를 안전한 곳에 보관할 것.

3. 본부로부터 지시가 있는 즉시 유엔 사무국에 접수할 것.

4. 사전에 접수절차를 확인할 것.

5. 이와 관련된 모든 사항의 대외보안 유지에 만전을 기할 것.

4월 18일 화요일 오전 10시 청와대에서 국무회의가 개최되었다. 이번 국무회의는 강동수 대통령이 직접 주재했다. 조약국이 사전에 행정안전부와 협의해 두었기 때문에 관할권 배제선언 문제는 긴급안건으로 상정되었다.

국무회의에는 유기상 장관을 대신하여 이완규 제1차관이

참석했다. 이 차관은 회의에서 배제선언을 시급히 해야 할 필요성에 관해 설명하고 의결해 줄 것을 요청했다. 의결 후 이 차관은 의사진행 발언을 얻어 "이 문제는 일본 정부 모르게 처리되어야 하므로 국무위원들께서는 각별히 대외보안에 유의해 주시기를 당부드린다"라고 강조했다. 국무회의가 끝나자마자 한영국 국무총리 대행은 현장에서 재가했다.

이제 남은 건 단 하나. 대통령의 재가였다. 대통령의 재가가 있어야 국내 절차가 완료되어 유엔 사무국에 기탁서를 접수할 수 있기 때문이었다. 그날 오후 2시, 박 국장의 휴대전화가 울렸다. 청와대 제1부속실장이었다.

"국장님, 대통령께서 방금 서명하셨습니다."

"감사합니다. 그런데… 3실장 결재는 거치셨나요?"

"아니요. VIP께서 '이리 가져오라' 하시더니 실장들 설명도 안 받고 바로 사인하셨습니다. 사안의 중대성을 아신 거죠."

박 국장은 즉시 후속 조치에 착수했다. 그는 전보로 주유엔대표부에 대통령 재가가 났음을 설명하고 외교부 장관 명의의 선언서 사본을 송부했다. 원본은 파우치 편으로 송부할 예정이니 가장 빠른 시간에 사무국에 기탁하도록 지시했다.

그날 밤 11시 박 국장은 주유엔대표부 유홍균 서기관으로부터 전화를 받았다. 뉴욕시간 오전 10시였다. 박 국장은 유엔 대표부에 지시한 선언서 기탁이 제대로 되었는지를 확인하느라 퇴근하지 못하고 있었다. 유엔 대표부도 마찬가지였다. 사전에 비화 전화기로 본국의 진행 상황을 통보받고 있던 대표부도 비상대기 상태에 있었다.

유 서기관은 미국 연수 중 뉴욕주 변호사 시험에 합격한 법률 전문가였다. 조약국에서 근무하다가 유엔 대표부로 전근한 지 6개월밖에 되지 않았는데 이번 사태로 비상근무를 하고 있었다.

"유 서기관, 수고가 많지요."
"아닙니다. 국장님과 조약국 직원들이 고생이 많으신 것 같아요. 이번에 정말 큰 일하셨어요."

박 국장은 바로 본론을 꺼냈다.
"접수는요?"

"네, 지금 접수했습니다. 이미 어제 사무국 조약 기탁·등록 선임 담당관을 접촉해서 협의했습니다. 그에 따르면, 추

후 원본 수령을 조건으로 물건의 사본도 접수해 주는 것이
사무국 관행이라고 합니다. 원본은 파우치 오는 대로 바로
전달하겠습니다."

"발효는? 발효 시점은 언제…?"

"오늘 접수했으니 발효 일자는 바로 오늘, 4월 18일이 됩
니다."

"그래요. 수고가 많았어요. 건강하세요."

전화기를 놓는 순간, 그는 손끝에서 힘이 빠져나가는 것을
느꼈다. 어깨를 짓누르던 바윗덩이가 굴러떨어진 듯, 몸이
허공에 떠오르는 기분이었다.

"끝났다…"

속으로 뱉은 한마디는 한숨이자 기도였다. 긴장의 끈을 붙
잡고 버텨오던 심장이 이제야 비로소 평안을 되찾았다. 이제
일본 정부는 해양법재판소에 제소할 길이 막힐 것이다. 물론
배제선언 이후에도 자국 조사선이 나포될 경우 재판소의 신
속한 석방 절차를 신청할 수 있을 것이다. 그러나 독도와 관

련된 대부분의 분쟁에 대해 일본이 제소하는 것을 방지함으로써 독도 영유권이 훼손되는 것을 막을 수 있게 된 것이다.

그는 창문 곁에 서서 서울의 밤을 오래도록 바라보았다. 어떤 건물은 불이 꺼져 어둠 속에 잠겨 있었고, 어떤 건물은 아직 켜져 있어 누군가의 고단한 하루가 끝나지 않았음을 말해주고 있었다. 그 풍경 속에서 묘한 쓸쓸함과 안도감이 동시에 박 국장 가슴 깊이 스며들었다.

미국의 압박과 한일 협상

일본 정부는 해양조사선의 출항(出航)을 끝내 강행했다. 4월 18일 오전, 메이요(明洋)와 카이요(海洋)라는 해양보안청 소속 해양조사선 두 척이 도쿄항을 출발했다. 한국 측이 입수한 첩보에 따르면, 조사선은 독도와 가까운 해안인 돗토리현의 사카이항에 입항한 후 20일경 출항, 독도 근해에서 측량을 감행할 예정이다.

바로 전날인 어제, 가토 유지(加藤裕司) 일본 외무성 사무차관은 최종욱 한국대사를 초치했다. 그리고 "이미 국제수로기구(IHO)에 등록된 쓰시마 분지를 한국이 울릉분지로 개명(改名)하려는 활동을 중단한다면 일본은 독도 인근 해역에 탐사선을 보내지 않겠다"라는 입장을 전달했다. 이에 대해 최종욱 대사는 "본국에 보고하겠다"라고 대답했다. 일본은 한국 정부의 답변을 기다리지도 않고 일방적으로 탐사선을 출항시켰다. 최대한의 압박 전술을 구사한 것이다. 양국 간 긴장은 최고조에 달했다.

4월 19일 오전 10시, 도쿄 외무성 사무차관실. 문이 열리며 리처드 해링턴 (Richard L. Harrington) 미국 대사가 성큼 들어섰다. 표정이 굳어 있었다. 대사는 짧은 인사를 건넨 후 바로 본론으로 들어갔다.

"차관님, 국가안전보장회의(NSC)에서 긴급 훈령을 내렸어요. 일본 조사선… 일본해로 나가서는 안 됩니다."

"대사님, 이미 선박이 출항했습니다. 준비에만 수개월이 걸렸습니다. 우리의 탐사선 파견은 해양법 협약 등 국제법 테두리 내에서 이루어지고 있어요."

"미국 정부도 잘 알고 있어요, 한국의 강동수 정부가 비합리적으로 행동하고 있다는 것을. 미국 정부는 한국이 미친 짓(something crazy)을 하거나 중대한 문제를 일으키지 않을까 우려하고 있어요. 귀측 배가 일본해로 나가면 충돌이 뻔한데… 조사선 파견계획을 철회하세요."

사무차관의 손이 미세하게 떨렸다. 그는 잠시 침묵한 뒤 낮게 말했다.

"한국의 도발에 대해 아무것도 하지 않으면 일본 내 여론이 악화할 거예요. 일본으로서는 받아들이기 어려운…"

해링턴 대사가 사무차관의 말을 잘랐다.

"차관님, 워싱턴의 메시지를 좀 더 명확하게 전달해 드리죠. 미국 정부는 미·일·한 대(對) 중·러·북의 대치 상황이 굳어지는 상황에서 동맹국 간 충돌을 인내할 수 없어요. 일본 정부가 미국의 입장에 따라주지 않으면 진행 중인 동맹 재편 협상… 중단될 수도 있습니다."

미국 대사의 눈빛이 차갑게 흔들렸다. 이어서 결정타를 날렸다.

"게다가, 납북자 문제. 지금 북·일간 대화의 성패는 미국이 얼마나 움직여 주느냐에 달려 있어요. 이런 상황에서 일본이 우리가 반대하는 행동을 강행한다면…."

사무차관의 얼굴이 굳어졌다.

"미국이 한국에 압력을 가해 적절한 절충안을 강제한다는 보장을 해 준다면… 우리도 조사선의 일본해 출항을 조정할 수 있을 거예요."

해링턴 대사는 자리에서 일어나며 짧게 대답했다.

"좋습니다. 서울로 즉시 연락하겠습니다."

비슷한 시각, 서울 청와대 3층 외교안보실장실.

문이 닫히자마자 토마스 콜드웰 (Thomas E. Caldwell) 주한 미국 대사가 바로 본론을 꺼냈다.

"실장님, 일본과 협상해야 합니다. 동해에서 한일 양국이 충돌하는 건 모두에게 재앙입니다."

안보실장이 낮고 단단한 목소리로 응수했다.

"대사님, 의미는 충분히 알겠습니다. 그러나 지금 국민 여론이 어떤지 아십니까? 독도 문제로 반일 감정이 폭발 직전입니다. 협상을 열면 정부가 곤경에 처합니다."

대사가 목소리를 높였다.

"미·중 간 대결이 격화되는 상황에서 워싱턴은 한일 동맹국 간 충돌을 인내할 수 없어요. 지금 한국이 일본과 대화하지 않으면 향후 남북 간 장관급 회담이나 북핵 문제에서 미국의 협조를 장담키 어렵습니다."

안보실장의 표정이 굳어졌다.

그는 시선을 들어 대사의 눈을 곧게 바라보았다.

"한국이 감당해야 할 정치적 비용도 함께 고려해 주시기를 바랍니다. 대통령께 보고드리고… 방안을 찾겠습니다. 다만, 일본이 사태를 악화시키는 행동을 자제해 주도록 미국 정부가 노력해 주었으면 합니다. 협상하더라도 내용과 절차는 우리가 결정합니다."

말끝은 정중했지만 흔들림이 없었다.

미국 정부의 막후 중재 노력이 통했던 것일까? 4월 20일 상황은 급변했다. 한일 양국 정부가 4월 21일 서울에서 회담하기로 합의한 것. 일본 정부는 영토 문제에서 강경한 태도를 고수하여 보수층을 결집하는 효과를 거두었다. 하지만 실제로 물리적 충돌이 발생할 경우 국제사회에서 일본 책임론이 부각될 수 있다는 부담이 컸다. 일본 내부에서도 불필요한 충돌은 피해야 한다는 신중론이 제기되고 있었다. 한국도 강력한 대응 의지를 보였지만 무력 충돌로 비화될 경우 초래될 외교·안보 측면에서의 후유증을 의식하지 않을 수 없었다.

양국 정부 모두 강경 대응 입장의 유지와 실제 충돌의 회피라는 이중적 목표를 갖고 있었다. 무엇보다도 미국의 입김이 컸다. 미국 정부는 동북아 안보에 미치는 부정적 영향을 고려하여 한일 양국에 자제할 것과 외교적 해법을 강구하도록 수차례에 걸쳐 촉구했다.

4월 21일 금요일 오후 2시, 서울 소공동 롯데호텔. 양국 차관급 회담이 열렸다. 회담 시작 15분 전, 호텔 입구를 향해 천천히 다가서던 차량 행렬이 멈췄다. 차 안에는 우리 측 대표단이 타고 있었다. 호텔 앞은 전쟁터를 방불케 했다. 광장은 수백 명의 시위대로 가득 메워져 있었다. 차량은 더 이상 앞으로 나갈 수 없었다. 수많은 태극기와 플래카드가 바람에 펄럭였다.

"독도는 우리 땅"

"일본은 물러가라!"

"영토 도발 중단하라"를 외치는 목소리가 격렬하게 메아리쳤다. 격앙된 시민들이 호텔 정문 앞을 가득 메워 우리 대표단이 들어가는 것조차 쉽지 않았다.

호텔 관계자가 다급하게 경찰 지휘관과 상의한 끝에 대표단은 정문 출입을 포기해야 했다. 대표단은 차량에서 내려 경찰의 안내로 지하 주차장을 통해 회의장으로 올라갔다. 서울 도심 한복판에서 벌어진 이 장면은 회의를 앞둔 긴장감을 상징적으로 보여주고 있었다.

38층 회담장. 봄 햇살이 비치고 있었지만, 회담장 분위기는 얼음장처럼 차가웠다. 긴 테이블 양편에 한국과 일본 대표단이 마주 앉았다. 이완규 차관이 먼저 입을 열었다.

"사무차관께서 급히 오신 것은 그만큼 상황이 심각하다는 증거입니다. 양국이 동해에서 충돌하는 것을 막아야 합니다. 귀국의 해양조사선이 해저측량 계획을 접고 속히 도쿄로 돌아가야 합니다."

"도발을 한 것은 한국 측입니다. 이미 IHO에 쓰시마 분지로 등재되어 있는 이름을 한국식 이름으로 바꾸어 등재하겠다는 것은 현상(status quo)을 뒤집자는 것과 다름없습니다. 귀측은 등재 노력을 포기해야 합니다."

"독도는 한국 영토입니다. 독도 주변수역의 해저에 한국 명칭을 붙이겠다는 것은 우리의 주권 사항입니다. 귀측이 이에 도전한다면 우리는 결코 물러서지 않을 것입니다."

"일본 정부는 일관된 입장을 유지해 왔습니다. 다케시마가 일본 영토이고 주변 수역이 일본의 EEZ라는 입장 말입니다."

회의장은 숨소리조차 무겁게 들릴 만큼 긴장에 잠겨 있었다. 양측은 기존 주장을 되풀이하며 물러서지 않았다. 말은 오갔지만, 그 말은 서로를 향해 나아가지 못했다. 마치 끝없이 나란히 뻗어가는 두 줄기의 철로처럼, 아니면 평행한 항로를 유지하는 바다 위 두 척의 배처럼 느껴졌다. 대화는 끝없이 반복되었고 합의라는 섬은 여전히 수평선 너머에 있었다.

가토의 표정이 일그러졌다. 그는 쓰디쓴 미소를 지으며 자리에서 일어났다.

"오늘은 여기까지 합시다."

이 차관이 즉석에서 대꾸했다.

"내일 오전 제2차 회담에는 일본이 진전된 안을 가져오기 바랍니다. 양측이 충돌하는 것만은 막아야 합니다."

1차 회담은 끝내 접점을 찾지 못한 채 끝났다. 양측 수석대표는 악수도 하지 않은 채 굳은 표정으로 자리를 떴다. 다만, 파국만은 막기 위해 다음날 9시 반에 모여 회담을 계속해 나가기로 했다.

다음 날인 4월 22일은 토요일이었다. 회담 때문에 박 국장은 아침 일찍 눈을 떴지만, 몸은 납덩이처럼 무거웠다. 그래도 일어나야 했다. 아침을 드는 둥 마는 둥 하고 일찍 집을 나섰다. 연이은 야근으로 지쳐있는 남편을 위해 아내가 롯데호텔까지 차를 태워 주었다. 도착하니 8시 50분이었다. 회담장에 미리 가 회담 분위기를 파악하겠다는 생각으로 엘리베이터를 탔다. 38층을 눌렀다.

올라가던 엘리베이터가 2층에서 섰다. 한 중년 남성이 탔다. 낯익은 얼굴이었다. 그는 일본 대표단의 이토 마사하루(伊藤正治) 국제법규 과장이었다. 도쿄대를 졸업한 엘리트 외무관료로 지난 1월 한일 조약국장 회담 때 사토 국장을 수행했던 사람이었다. 그는 박 국장을 보자마자 인사말도 건네지 않은 채 소리쳤다.

"우리는 정말로 충격받았어요! (We were really shocked!)"
"무엇 때문에요? (Shocked by what?)"

예상치 못한 발언의 의미를 파악하기 위해 박 국장의 머릿속이 바쁘게 회전했다. 순간, 생각은 전광석화처럼 뉴욕에 있는 유엔본부를 스치고 있었다.

제15장

유엔에서의 첩보전

뉴욕 이스트 리버 강변에 웅장하게 서 있는 유엔본부. 국제 평화와 안전을 논하는 화려한 국제기구의 이면에는 또 다른 무대가 있었다. 회의장 밖 복도와 카페, 그리고 맨해튼의 은밀한 식당에서 오가는 눈빛과 짧은 대화. 외교라는 가면을 쓴 치열한 첩보전이 전개되고 있었다.

유엔 직원들은 중립성을 생명으로 하는 국제공무원. 하지만 그들 중 일부에게 정보는 곧 돈이자 권력이었다. 누군가는 웃으며 건네는 악수 속에 쪽지를 숨겼고, 누군가는 실수한 척 보고서 한 장을 흘렸다. 메모지 한 장, 또는 보고서 하나가 국경을 넘어가면 수십만 달러의 가치를 지닌 1급 정보로 둔갑하곤 했다.

　4월 16일 저녁, 맨해튼 미드타운의 한 고급 스테이크 하우스. 주유엔 한국대표부의 유홍균 일등 서기관은 맞은편에 앉은 남자의 와인 잔을 채웠다. 남자는 유엔 사무국 법무실의 터줏대감, 폴 스미스(Paul Smith) 조약 등록 선임 담당관이었다.
　"스미스, 이 식당의 드라이에이징 스테이크는 뉴욕 최고죠. 입맛에 맞으십니까?"
　"훌륭합니다, 유 서기관. 하지만 한국 외교관이 아무런 이유 없이 가난한 유엔 공무원에게 이런 비싼 저녁을 살 리는 없고… 본론이 뭡니까?"
　스미스는 노련했다. 유 서기관은 냅킨으로 입가를 닦으며 주위를 살폈다. 식당의 소음이 그들의 대화를 적당히 덮어주고 있었다. 그는 목소리를 한 옥타브 낮췄다.
　"기술적인 자문을 좀 구하고 싶습니다. 만약… 어떤 국가가 유엔해양법협약(UNCLOS) 제298조에 따른 강제 관할권 배제 선언서를 기탁한다고 가정해 봅시다. 절차가 어떻게 됩니까? 사본으로도 접수가 가능한가요?"
　스미스의 포크가 허공에서 잠시 멈췄다. 그는 날카로운 눈빛으로 유 서기관을 응시했다. '강제 관할권 배제'. 그것은 국제 분쟁에서 법원의 개입을 원천 차단하겠다는 선전포고나 다름없었다.

"사본 접수는 가능합니다. 원본은 추후에 제출하면 되니까요."

스미스가 건조하게 대답했다.

"고맙습니다. 그리고 한 가지 더."

유 서기관의 눈빛이 간절해졌다.

"이 문의는 비공식적인 겁니다. 우리가 공식적으로 문서를 가져가기 전까지는, 대화가 이 테이블을 벗어나지 않았으면 합니다. 절대적인 보안(Top Secret)을 부탁합니다."

스미스는 묘한 미소를 지으며 와인 잔을 들어 올렸다.

"물론이죠. 우린 중립을 지키는 국제공무원이니까요."

유 서기관은 그 미소가 '신뢰'의 징표라고 믿었다. 하지만 그것은 국제 정치의 정글에서 먹잇감을 발견한 포식자의 미소였다.

뉴욕시간 4월 17일 오전 9시, 유엔 사무국 법무실 조약과. 사무실의 문이 열자마자 유홍균 서기관이 배제 선언서 사본을 휴대하고 나타났다. 그리고 스미스 담당관에게 서둘러 사본을 접수했다. 그는 몇 번이고 발효 일자를 확인했다. 아울러 외부에는 당분간 비밀로 해 달라고 거듭 당부했다. 스미스는 10년 넘게 이 자리를 지킨 베테랑이었다. 그는 유 서기 관의 눈빛에서 심상치 않은 기류를 읽었다. '뭔가 있다. 아주 급하고 중요한 무언가가.'

그날 저녁 7시, 맨해튼 42번가에 있는 고급 일본 식당 노부(Nobu). 구석진 방에 오타니 일본 대표부 참사관과 스미스 담당관이 마주 앉았다. 그들은 오랜 친구를 만난 것처럼 가볍게 인사를 교환했으나 분위기는 긴장되었다. 오타니 참사관은 스미스 담당관이 만나자고 제의했을 때 무언가 중대한 것이 있음을 알아차렸다.

"갑자기 보자고 해서 놀랐어요, 폴."

"오타니, 당신이 좋아할 만한 디저트를 가져왔지."

메뉴판을 펼친 두 사람이 주문을 마친 뒤 한동안 적막감이 감돌았다. 스미스 담당관이 가방에서 서류 봉투를 꺼냈다. 서류 봉투를 오타니 참사관에게 건네며 낮은 목소리로 말했다.

"오전에 한국 외교관이 기탁한 문서의 사본이에요. 다급해 보였어요. 입단속을 시키더군요. 아마 일본과 관계가 있는 것 같아요."

오타니는 떨리는 손으로 봉투 속의 문서를 확인했다. '유엔해양법협약 제298 조에 따른 배제 선언서'. 순간 그의 동

공이 확장되었다. 그것은 한·일 간의 해상충돌을 앞두고 한
국 정부가 준비한 회심의 방패였다.

"이런…"

오타니의 입에서 탄식이 흘러나왔다. 한국은 이미 움직이
고 있었다. 그것도 아주 치밀하게.

"고맙습니다, 폴. 이 빚은 잊지 않겠습니다."

오타니는 식사를 하는 둥 마는 둥 서둘러 자리를 떴다. 당
장 도쿄 본부에 타전해야 했다. 한국이 법적 방어막을 완성
하기 전에, 일본은 대응책을 마련해야 했다.

홀로 남은 스미스는 느긋하게 스시를 집어 들었다. 그에게
'중립'이란 더 높은 값을 부르는 고객을 위한 상품일 뿐이었
다. 메모지 한 장, 정보 하나가 수십만 달러의 가치로 변하는
곳. 오늘 밤, 평범해 보이는 스시집의 식탁 위에서 한국의 극
비 정보는 일본의 첩보망 속으로 허무하게 빨려 들어갔다.

오타니의 긴급 전문은 태평양을 건너 도쿄 외무성 본부로,
그리고 다시 서울에 와 있는 일본 대표단에 전해졌다. 불과
이틀만이었다.

박 국장은 과거에 유엔에서 3년간을 일한 적이 있었다. 이
토 과장의 난데없는 발언에 마치 현장에 있었던 것처럼, 시
나리오가 박 국장의 머릿속을 주마등처럼 스치고 지나갔던

것이다.

다시 서울, 4월 22일 롯데호텔 엘리베이터 안. 놀란 표정을 짓는 이토 과장에게 박 국장은 짐짓 태연한 척했다. 이토가 큰 소리로 말을 이었다.

"전격전이었어요(It was a blitzkrieg). 한국 정부가 금번에 해양법 협약상 강제 관할권 배제선언을 한 것은 충격이었어요."

박 국장은 능청스러운 연기를 시작했다. 박 국장은 이번 해양 위기와 배제선언이 관계가 없다는 듯이 시치미를 떼었다.

"충격이라뇨? 우리 정부는 지난 10년 동안 이 문제를 검토해 왔어요. 우연히도 기탁 시점이…"

이토의 얼굴이 붉게 달아올랐다.

"거짓말 마세요. 우리는 그동안 한국 정부의 움직임을 주시해 왔어요. 전혀 움직임이 없다가 갑작스럽게 기탁한 것으로 봐서 이번 해양 위기와 관련 있다고 짐작할 수밖에 없어요."

"그런데 왜 귀측은 충격을 받았나요?"

이토는 분을 삭이지 못하고 말을 이었다.

"우리는 해양조사 문제에 대해 사전에 모든 국제법적 검토를 끝냈어요. 솔직히 말해서 국제해양법재판소 제소까지 포함해서요. 한국 정부의 이번 조치로 일본으로서는 상당수 문제에 대해 제소할 수 없게 된 것이 사실이에요. 하지만…”

이토는 화난 표정으로 박 국장을 쏘아봤다.

“착각하지 마세요. 한국 정부가 우리 선박을 나포하게 되면 ‘신속한 석방’ 절차로 여전히 재판소에 끌고 갈 수 있다는 걸.”

“글쎄요. 그건 귀측의 희망 사항일 뿐, 법적 해석은 다를 수 있지요.”

박 국장은 차갑게 대꾸하고 엘리베이터에서 내렸다.

복도를 걸어가며 박 국장은 온몸에 전율이 흐르는 것을 느꼈다. 이토의 자백으로 모든 것이 명확해졌다. 박 국장을 괴롭혔던 ‘나 혼자만의 과대망상 아닐까?’라는 불안감이 씻은 듯이 사라졌다. 일본은 정말로 제소를 준비하고 있었다. 그동안 꿈속의 계시, 그리고 그에 따른 고독한 결단. 그것은 틀리지 않았다. 신(神)은 그에게 정답을 알려주지 않았지만, 그로 하여금 정답을 써 내려가게 하셨던 것이다. 박 국장은 가슴 벅찬 경외감을 느끼며 회담장으로 들어섰다.

오전 9시 30분, 2차 회담이 속개되었다. 분위기는 여전히 살얼음판이었다. 양측은 앵무새처럼 기존 입장만 되풀이했다. 하지만 일본 대표단의 기세는 전날보다 한풀 꺾여 있었다. 비장의 카드였던 ‘국제재판소 제소’가 무력화된 상태에서 그들이 밀어붙일 동력이 사라진 탓이었다.

정오 무렵, 이완규 차관이 승부수를 던졌다.

"가토 차관, 우리 둘이서만 따로 봅시다(Tête-à-tête)."

공식 기록이 남지 않는 밀실 담판. 가토 차관은 잠시 망설이다 고개를 끄덕였다.

한 시간 뒤, 굳게 닫혔던 문이 열렸다. 두 수석대표의 표정은 지쳐 보였지만, 파국을 막았다는 안도감이 서려 있었다. 타협안이 나왔다.

1. 한국은 해저 지명 등재 추진을 '적절한 시기'로 미룬다.
2. 일본은 해양조사 계획을 중단한다.
3. 양국은 조속히 EEZ 경계 획정 회담을 연다.

그것은 누구의 승리도 아니었다. 일본은 탐사선을 돌리는 대신, 한국의 지명 등재를 막아내는 실리를 챙겼다. 또한 전 세계에 독도가 '분쟁 지역'이라는 인상을 심어주는 데 절반의 성공을 거두었다. 한국은 일본의 물리적 도발을 막아냈고, 무엇보다 국제재판소라는 늪에 빠지는 최악의 사태를 방어해 냈다.

회담장을 나서는 박 국장의 발걸음은 무거우면서도 가벼웠다. 독도의 파도는 잠시 잠잠해졌을 뿐이다. 일본은 멈추지 않을 것이다. 하지만 적어도 이번 싸움에서, 우리는 우리 땅을 지켜낼 '방패' 하나를 손에 쥐었다. 그것으로 충분했다. 오늘은.

제16장

벗겨진 가면

이날 오후 3시. 외교부 조약국장실의 문이 거칠게 열렸다. 예고 없는 방문객이었다. 박정도 국장은 고개를 들었다가 자리에서 벌떡 일어났다. 서 있는 사람은 박성호 국제해양법재판소(ITLOS) 재판관이었다.

그는 단순한 손님이 아니었다. 전북 남원의 시골 소년에서 영국과 미국을 거쳐 세계적인 해양법 석학의 반열에 오른 입지전적인 인물. 1996년 초대 ITLOS 재판관으로 선출된, 대한민국 해양법의 대부(代父)였다. 재판관이 근무지인 독일 함부르크에서 비행기를 타고 인천공항에 내리자마자, 가방도 풀지 않고 먼지를 뒤집어쓴 채 달려온 것이다.

평소 차분하고 인자하던 노(老) 석학의 얼굴은 붉게 상기되어 있었고, 호흡은 거칠었다. 박 국장과 눈이 마주치자마자, 그는 비명에 가까운 탄식을 토해냈다.

"박 국장… 우리 다 죽었어. 다 끝났다고!"

박 국장은 귀를 의심했다.

"다 죽다니요? 재판관님, 진정하십시오. 무슨 일입니까?"

박 재판관은 떨리는 손으로 이마의 땀을 훔치며, 충격적인 사실을 털어놓았다.

"일본 외무성이… 제소 준비를 끝냈어. 완벽하게!"

그의 입에서 나오는 이름들은 국제법 학계를 주름잡는 거물들이었다.

"얼마 전 뉴욕에서 마이애미 대학의 버나드 루이스(Bernard Lewis) 교수를 만났어요. 그자가 지금 주미 일본 대사관의 비밀 고문이야. 일본 정부 초청으로 곧 도쿄로 들어간다고 하더군. 게다가…"

박 재판관은 목소리를 낮췄다. 공포가 서려 있었다.

"마이어(Heinrich von Meyer) ITLOS 재판소장이 나에게만 살짝 귀띔해 줬어요. 함부르크 주재 일본 총영사가 비밀리에 소장을 찾아와서 수차례 면담을 했답니다. 주된 질문이 뭔지 아시오? 바로 '혼합 분쟁(Mixed Disputes)'과 재판소 관할권이었소!"

박 국장의 등골이 서늘해졌다. 루이스 교수와 일본 총영사의 움직임. 그것은 일본이 칼을 뽑기 위해 칼집을 만지작거리고 있었다는 명백한 신호였다.

"여러 정황상 일본은 한국을 상대로 소장을 던질 게 확실해요. 막을 방법이 없어요. 이제 곧 국민 여론이 들끓을 텐데, 현직 재판관인 나도 그 책임에서 자유롭지 못할 거요. 우린… 외교적 참사를 맞은 죄인이 되는 겁니다."

박 재판관의 눈동자는 다가오는 먹구름을 본 선장처럼 불안하게 흔들리고 있었다. 그는 박 국장이 극비리에 '007작전'을 수행했다는 사실을 까맣게 모르고 있었다. 그에게 대한민국은 이미 일본의 법률적 포위망에 갇힌, 사형 선고를 기다리는 죄수나 다름없었다.

박 국장은 말없이 책상 서랍을 열었다. 그리고 외교통상부 장관의 직인이 선명하게 찍힌 서류 한 장을 꺼내 박 재판관 앞으로 내밀었다.

"재판관님, 이것 좀 보십시오."

"이게 뭡니까?"

"며칠 전, 유엔 사무국에 기탁한 '강제 관할권 배제 선언서'입니다. 곧 사무국에서 공식 번역본을 회람시킬 겁니다."

노(老)학자는 떨리는 손으로 문서를 받아 들었다. 돋보기를 고쳐 쓴 그의 눈이 문장 하나하나를 훑어 내려갔다. 침묵이 흘렀다. 종이를 쥔 그의 손끝이 파르르 떨렸다. 이윽고 고개를 든 박 재판관의 눈가에는 물기가 가득 차오르고 있었다. 공포에 질려 있던 눈동자가 서서히 안도와 환희로 바뀌었다. 어깨를 짓누르던 천 근의 바위가 사라진 듯, 그의 입술 사이로 깊은 숨이 새어 나왔다.

"아…!"

박 재판관은 와락 박 국장을 끌어안았다.

"살았어… 박 국장, 우리 살았어요! 당신이… 당신이 나라를 구했어. 정말 기막힌 타이밍에 막아냈구려!"

그것은 단순한 칭찬이 아니었다. 벼랑 끝에서 동아줄을 잡은 사람만이 할 수 있는 생존의 외침이었다.

오랫동안 단단히 눌러쓰고 있던 외교적 가면이 마침내 벗겨졌다. 이토 과장의 고백과 박성호 재판관의 증언은 은밀히 감춰져 있던 일본의 가면 속 얼굴을 드러냈다. 드러난 진실 앞에서 상황은 새로운 국면으로 흘러갔고, 박 국장과 그의 팀은 비로소 긴장의 끈을 놓으며 서로의 어깨를 두드릴 수 있었다.

그날 저녁, 외교부 인근의 한 식당. 오랜만에 조약국 전체 회식이 열렸다. 식당 안은 밝은 형광등 불빛과 왁자지껄한 소음, 그리고 술잔 부딪치는 경쾌한 소리로 가득 찼다. 박 국장은 소주잔을 들어 올리며 직원들을 둘러보았다. 며칠 밤을 새워 퀭한 눈, 푸석한 얼굴들이었지만, 그 표정만큼은 세상을 다 가진 듯 밝았다.

"정말… 고생들 많았어요."

박 국장의 목소리가 미세하게 떨렸다.

"여러분들이 아니었으면, 여기까지 못 왔어요. 우린 해냈어요."

와아- 하는 함성과 함께 박수가 터져 나왔다. 누군가는 쑥스러운 듯 코를 훌쩍였고, 누군가는 눈시울을 붉히며 고개를 끄덕였다.

"자, 오늘만큼은 모든 스트레스 다 잊고 마십시다! 위하여!"

분위기가 무르익을 무렵, 김영표 과장이 자리에서 일어났다. 며칠 전, 비상소집 때 박 국장의 의견에 정면으로 반대했던 참모였다. 김 과장은 잔을 든 채 박 국장을 바라보았다. 진지한 눈빛이었다.

"국장님, 사과드릴 게 있습니다."

좌중이 조용해졌다.

"지난 14일 새벽, 국장님이 일본의 제소를 확신하며 비상소집을 하셨을 때… 솔직히 저는 국장님이 너무 오버하신다고 생각했습니다. 근거 없는 불안감이라고 판단했습니다."

김 과장은 고개를 숙였다.

"하지만 오늘 박성호 재판관님 말씀을 듣고 깨달았습니다. 국장님 예감이 맞았습니다. 일본은 정말로 칼을 갈고 있었습니다. 우리가 그때 움직이지 않았으면… 정말 큰일 날 뻔했습니다. 죄송합니다. 그리고 감사합니다."

박 국장은 조용히 미소 지었다. 사실 그 역시 불안했었다. 만약 일본이 아무 생각 없었는데 혼자 북 치고 장구 친 것이라면? 긁어 부스럼을 만든 책임은 고스란히 그의 몫이었을 것이다. 수십 년 쌓아온 커리어가 한 줌의 재로 변할 수도 있었던 도박이었다. 하지만 김 과장의 고백은 그 모든 불안을 씻어주는 면죄부이자, 훈장이었다.

박 국장은 김 과장의 어깨를 두드렸다.

"사람 생각은 다를 수 있어. 자네의 반대가 있었기에 우리가 더 치밀할 수 있었네."

말은 담담하게 했지만, 박 국장의 눈가에도 뜨거운 것이 고였다. 그것은 슬픔도, 기쁨도 아니었다. 죽음의 문턱까지 갔다가 돌아온 생존자만이 느낄 수 있는, 가슴 저릿한 해방의 눈물이었다.

밤이 깊어져 가고 술병이 비워질수록, 긴장의 끈은 느슨하게 풀렸다. 박 국장은 직원들이 건네는 술잔을 마다하지 않고 받았다. 알코올 기운이 혈관을 타고 돌자, 비로소 날카롭게 서 있던 신경들이 부드럽게 녹아내렸다. 전쟁은 끝났다.

적어도 오늘 밤만큼은, 독도의 파도 소리도 자장가처럼 들릴
것 같았다.

제17장

아내의 부상

승리의 밤은 길고도 짧았다. 술기운이 혈관을 타고 온몸을 휘감았다. 그것은 단순한 취기가 아니었다. 국가의 운명을 건 도박에서 이겼다는 안도감, 그리고 그동안 팽팽하게 당겨졌던 신경줄이 끊어지며 찾아온 나른한 해방감이 섞인 독한 칵테일이었다.

박 국장은 직원들이 잡아준 택시 뒷좌석에 몸을 구겨 넣었다. 차창 밖으로 스쳐 가는 서울의 불빛들이 유성처럼 흘러내렸다. 택시가 아파트 입구에 멈춰 섰을 때, 현관 앞에는 익숙한 그림자가 서성이고 있었다. 아내였다. 직원의 연락을 받고, 남편이 비틀거리며 들어올까봐 한걸음에 달려 나온 것이다.

"여보, 조심하세요…"

아내는 걱정스러운 눈빛으로 박 국장의 한쪽 팔을 단단히 껴안았다. 그녀의 체온이 닿자, 박 국장은 비로소 자신이 '전장(戰場)'에서 '가정'으로 돌아왔음을 실감했다.

하지만 비극은 가장 안전하다고 믿었던 곳에서 도사리고 있었다. 엘리베이터가 없는 낡은 아파트. 부축을 받으며 힘겹게 계단을 오르던 박 국장의 다리가 3층쯤에서 꼬였다. 술에 취한 몸이 허공에서 중심을 잃고 휘청였다.

"어…!"

순식간이었다. 육중한 그의 몸무게가 아내 쪽으로 쏠렸고, 두 사람은 엉겨 붙은 채 차가운 시멘트 계단 위로 굴러떨어졌다. 쿵. 둔탁한 파열음이 어둠 속에 울려 퍼졌다.

눈을 떴을 때, 새벽의 푸른 기운이 방안을 감싸고 있었다. 타는 듯한 갈증. 깨질 듯한 두통. 박 국장은 마른침을 삼키며 몸을 일으켰다. 어젯밤의 환호와 승리감은 온데간데없고, 끈적하고 불길한 침묵만이 방 안을 채우고 있었다. 그때, 곁에 앉아 있던 둘째 아들의 모습이 눈에 들어왔다. 녀석의 어깨가 미세하게 떨리고 있었다.

"아버지…"

아들의 목소리는 물기를 머금고 있었다.

"엄마가… 어제 계단에서… 머리를 심하게 다치셨어요."

심장이 덜컥 내려앉았다.

"4층 아저씨가 도와줘서 지금 응급실에 계세요. 의식이…"

아들의 말은 비수가 되어 박 국장의 가슴을 찔렀다. 술기운이 거짓말처럼 달아났다. 독도를 지켰다는 자부심, 동료들의 박수, 달콤했던 승리의 기억들이 순식간에 하얗게 증발해 버렸다. 남은 것은 텅 빈 공포뿐이었다.

박 국장은 아들이 모는 차에 실려 병원으로 내달렸다. 새벽 공기는 날카로운 칼날처럼 차창 틈으로 파고들었다. 병원 응급실의 창백한 형광등 불빛, 바닥을 긁는 침대 바퀴 소리, 알코올 냄새… 그 모든 감각이 그를 죄인처럼 옥죄어 왔다. 병실 문을 열었을 때, 그는 침대에 누운 아내를 보았다. 눈은 뜨고 있었지만, 초점이 없었다. 평소의 따뜻하고 총기 있던 눈빛은 짙은 안개 속에 갇힌 듯 흐릿했다.

담당 의사가 차트를 넘기며 무미건조하게 선고를 내렸다.

"뇌진탕입니다. 충격이 커서… 기억에 문제가 있을 수 있습니다. 일시적인지 영구적인지는 지켜봐야 합니다."

박 국장은 다리가 풀려 주저앉을 뻔했다. 그는 떨리는 손으로 아내의 손을 잡았다. 얼음장처럼 차가웠다.

"여보… 나야. 알아보겠어?"

아내는 남편을 바라보았다. 하지만 그 눈빛에는 '인식'이 없었다. 낯선 타인을 바라보는 듯한, 혼란과 두려움이 섞인 눈동자. 그녀의 머릿속에서 남편의 존재, 가족의 추억, 지난 세월의 기억들이 지우개로 지운 듯 사라져 버린 것이다.

죄책감이 거대한 파도가 되어 그를 덮쳤다.

'나라를 구했다고? 웃기지 마라. 너는 가장 소중한 사람 하나 지키지 못했다.'

내면의 목소리가 그를 조롱했다. 밤새도록 직원들과 "우리가 해냈다"라며 술잔을 부딪치던 자기 모습이 역겨워 견딜 수 없었다.

박 국장은 도망치듯 병실을 빠져나왔다. 텅 빈 복도 끝, 그는 더 이상 버티지 못하고 차가운 바닥에 무릎을 꿇었다. 무릎뼈가 바닥에 부딪혀 아려왔지만, 가슴의 통증에 비하면 아무것도 아니었다. 그는 두 손에 얼굴을 파묻었다. 외교관으로서의 냉철함도, 국장으로서의 위엄도 다 벗어던진, 그저 한 명의 나약한 인간이 되어 오열했다.

"주여…"

떨리는 입술 사이로 기도가 터져 나왔다.

"제 아내를… 제발 제 아내를 지켜주소서. 하나님의 도우

심으로 독도는 지켰습니다. 그 험한 파도를 넘게 해 주지 않았습니까. 그런데… 이제 와서 저의 세계인 아내를 잃을 수는 없습니다. 차라리 저를 벌하시고, 아내의 기억을 돌려주소서…”

복도에는 그의 흐느낌만이 공허하게 메아리쳤다. 손등 위로 뜨거운 참회의 눈물이 하염없이 흘러내렸다.

기적은 더디게, 하지만 분명하게 찾아왔다. 하루, 이틀… 시간이라는 약이 아내의 뇌 속에 낀 안개를 조금씩 걷어내기 시작했다. 처음에는 멍한 표정으로 허공을 응시하던 아내가, 며칠 뒤엔 단어 하나를 내뱉었고, 일주일이 지나자, 문장을 이어가기 시작했다. 끊어졌던 필름이 다시 이어지듯, 흩어졌던 기억의 조각들이 제자리를 찾아갔다.

2주가 지난 어느 날. 아내의 눈동자에 다시 생기가 돌았다. 그녀는 박 국장을 바라보며 엷게 미소 지었다.

“여보, 수염 좀 깎아요. 까칠하네.’

그것은 과거와 현재가 온전히 연결되었음을 알리는 신호였다. 박 국장은 그제야 안도의 숨을 내쉬었다. 아내의 손을 잡은 그의 손에 다시금 힘이 들어갔다. 창밖으로 쏟아지는 햇살 속에서, 박 국장은 전쟁터 같았던 지난봄을 떠올리며

다시 한번 고개를 숙였다. 그것은 신의 세밀하고도 깊은 은
총에 대한 감사였다. 하나님은 끝까지 그를, 그리고 그의 가
정을 붙잡아 주셨다.

제18장

폭풍의 눈 — 대통령의 담화

2006년 4월, 서울. 한일 외무차관 회담에서의 합의로 동해의 거친 파도는 잠시 잦아들었다. 하지만 그것은 평화가 아니었다. 수면 아래의 암류(暗流)는 더 거세게 소용돌이치고 있었다.

가장 큰 변화는 청와대에서 일어났다. 이번 사태를 겪으며 강동수 대통령의 눈빛이 달라졌다. 그는 일본의 도발을 단순한 해양조사가 아닌, '제2의 침략'으로 규정했다. 야스쿠니 신사 참배, 역사 교과서 왜곡, 그리고 독도 도발. 이 모든 것이 일본 우익의 치밀한 '과거사 지우기'이자 '군국주의 부활'의 신호탄이라는 인식이 대통령의 뇌리에 깊이 박혔다.

며칠 전 여야 지도부와의 만찬 자리. 대통령의 발언은 거침이 없었다.

"일본의 국수주의 정권이 과거 침략의 역사를 정당화하려 듭니다. 이건 단순한 외교 문제가 아닙니다. 동북아의 미래에 대한 명백한 도전입니다."

그날 이후, 청와대의 기조는 '조용한 외교'에서 '정면 돌파'로 급선회했다.

한편, 유엔에서는 우리의 '배제 선언서'가 조용히 효력을 발휘하기 시작했다. 6개 공용어로 번역을 마친 유엔 사무국은 회원국들에게 한국의 선언서를 배포했다. 우리 정부도 관보에 이를 공포했다. 이제 언론 발표가 문제였다. 일부에서는 "일본의 코를 납작하게 해줬다고 대대적으로 홍보하자"라는 의견이 나왔지만, 박정도 국장은 고개를 저었다.

"안 됩니다. 일본을 불필요하게 자극해서 좋을 게 없습니다. 조용히 처리합시다."

박 국장이 직원들에게 신신당부한 원칙은 하나였다. '무대응이 최고의 대응이다.' 기자의 질문이 들어오면 "내용만 간략히 설명하고, 배경 설명(Background briefing)은 하지 말라"고 지시했다. 25년 외교관 생활이 그에게 가르쳐준 철칙이 있었다. 외교관을 망치는 가장 큰 적은 상대국의 음모가 아니라,

바로 자신의 마음속에서 꿈틀거리는 '공명심(功名心)'이다. '내가 해냈다', '내가 나라를 구했다'라며 언론에 얼굴을 내밀고 싶어 하는 순간, 외교는 국익을 위한 도구가 아니라 개인의 출세 수단으로 전락한다. 진정한 외교관은 국익이라는 무대 뒤편에서 이름 없이 사라지는 그림자여야 했다. 이미 일본 언론들은 "한국의 기습적인 선언으로 국제 재판 제소가 물 건너갔다"라며 분통을 터뜨리고 있었다. 그것으로 충분했다. 침묵이 때로는 가장 웅변적인 승리의 언어였다.

4월 25일 오전 9시 30분. 강동수 대통령이 카메라 앞에 섰다. '한일 관계에 대한 특별 담화문'. 전국에 생중계된 대통령의 목소리는 비장했다.

"존경하는 국민 여러분. 독도는 우리 땅입니다. 그냥 우리 땅이 아니라, 통한의 역사가 뚜렷하게 새겨져 있는 역사적 땅입니다."

대통령은 원고를 뚫어지게 응시하며, 한 자 한 자 힘주어 읽어 내려갔다.

"일본이 독도 영유권을 주장하는 것은 제국주의 침략 전쟁을 정당화하는 것입니다. 대한민국은 더 이상 이를 묵과하지 않을 것입니다. 이제 정부는 독도 문제에 대해 정면으로 대응하겠습니다."

박 국장은 사무실 TV를 통해 그 장면을 지켜보았다. 대통

령은 독도 문제를 '영유권 분쟁'이 아닌 '역사 청산의 문제'
로 프레임을 전환하고 있었다.

"한일 관계는 이제 루비콘강을 건넜구나."

박 국장의 예상대로 일본의 반응은 차가웠다. 와타나베 관
방장관은 '한국 국내 정치용 쇼'라며 비아냥거렸고, 5월로
예정되었던 EEZ 경계 획정 회담을 한국 지방선거 이후로 미
루라고 지시했다. 대화의 문이 닫히고 있었다.

그날 오후 4시. 전화벨이 울렸다. 상대는 황민우 청와대 외
교안보실장.

"박 국장, 대통령 담화 봤소?"

"네, 봤습니다. 후속 대책 마련 중입니다."

황 실장의 목소리가 낮아졌다. 본론이었다.

"그래서 말인데… 지난번에 얘기했던 거, '독도 기점(Base
point)' 문제 말이오. 그거 시급히 검토해서 보고해 주세요.
VIP께서 아주 관심이 많으십니다."

박 국장의 미간이 찌푸려졌다. 올 것이 왔다.

"실장님, 그건… 시간이 좀 필요합니다."

"얼마나?"

"최소 2주는 걸립니다. 국제법 해석, 해외 학자 용역 결과,
부내 검토까지 거치려면…"

황 실장이 말을 잘랐다.

"2주? 너무 늦어요! 대통령께서 최우선 순위로 챙기는 사안이오. 책임감을 느끼고 최대한 빨리 가져오세요."

전화가 끊어졌다. 수화기를 내려놓는 박 국장의 손에 땀이 배어 나왔다. '독도 기점 변경'. 이것은 배제선언과는 차원이 다른 문제였다. 지금까지 우리 정부는 EEZ(배타적경제수역) 경계선으로 '울릉도'를 기점으로 하는 중간선을 주장해 왔다. 독도는 사람이 살지 않는 바위(Rocks)로 간주해 기점에서 뺐던 것이다. 반면 일본은 오히려 '독도'를 자기네 기점으로 삼아 울릉도 앞바다까지 자기네 바다라 우겨왔다. 국민은 분노했다. 이 사실이 대통령을 움직였을 것이다.

하지만 문제는 단순하지 않았다. 독도를 기점으로 바꾸려면, 지난 1996년 '울릉도 기점'을 결정했던 외교부 선배들의 정책이 '틀렸다'라고 선언해야 한다. 당시 정책을 입안했던 사람들은 현재 차관, 대사 등 외교부의 핵심 요직을 장악하고 있었다. '정책을 바꾼다'라는 것은 곧 그들의 '오류'를 들춰내는 것이고, 그것은 필연적으로 조직 내부의 거대한 저항과 권력 투쟁을 불러올 것이다.

박 국장은 창밖을 바라보았다. 외부의 적(일본)과의 싸움은 끝났지만, 이제 내부의 적(관료주의와 기득권)과의 더 힘겨운 싸움이 기다리고 있었다. 거대한 태풍이 조약국을 향해 다가오고

있었다. 어느새 박 국장의 머릿속에는 오래된 기억이 스쳐
지나갔다.

기점 문제의 발단

시간은 10년 전, 1996년 6월 어느 날 오후. 조약국의 실무자 두 명이 박정도 조약 과장을 찾았다. 그들 중 한 명이 간절한 목소리로 말했다.

"과장님… 제발 나서주셔야 합니다. 국장님이 청와대와 협의 후 울릉도-오키 중간선을 EEZ 경계선으로 하는 정책을 채택하려고 합니다. 이건 사실상 독도 포기선언이나 다름없습니다. 국민 여론이 가만히 있지 않을 겁니다. 국익에도 큰 손해가 됩니다."

다른 젊은 사무관도 한발 다가섰다.

"국장님은 이미 마음을 굳히신 것 같습니다. 선배들은 내켜 하지 않으면서도 다 따라가고 있구요. 하지만 박 과장님은 목소리를 낼 수 있지 않습니까? 국장님은 과장님의 건의에는 귀를 기울이실 겁니다. 말씀하지 않으면 그냥 그렇게 결정되어 버릴 겁니다."

사무관의 목소리는 거의 울먹임에 가까웠다. 순수한 애국심이었다. 두 사람의 애원과 간절한 눈빛에서 박 과장은 한국 외교의 밝은 미래를 보았다.

기점이란 쉽게 말해 어디를 출발점으로 배타적 경제수역(EEZ) 등 해역을 계산하느냐의 문제다. 즉, 울릉도 기점이란 울릉도를 기준으로 EEZ를 긋겠다는 것이다. 이 때 독도는 사람이 살 수 없는 암초(Rock)에 불과하며 울릉도의 부속도서로 취급된다. 이에 반해 독도 기점은 독도로부터 직접 EEZ를 설정하는 것이다. 독도는 사람이 살 수 있는 섬(Island)으로서 자체적으로 EEZ를 갖게된다. 울릉도 기점이 큰집(울릉도) 마당을 기준으로 EEZ를 주장하는 것이라면 독도 기점은 별채(독도)도 정식 주소로 인정해 별채로부터 EEZ를 주장하는 것이라고 할 수 있다.

박 과장의 가슴이 먹먹해졌다. 그도 울릉도 기점 결정이 임박했다는 것을 알고 있었다. 이 결정이 앞으로 오랫동안 한국 외교의 짐이 될 것이라는 점도 어렴풋이 느끼고 있었다. 그러나 국장과 차관까지 이어지는 상층부의 벽은 너무도 높았다. 더군다나 그 문제는 조약 과장의 소관 사항이 아니었다. 국제법규 과장의 일이었다. 박 과장은 해양법 전문가였다. 스페인 마드리드 자치대에서 해양법으로 박사학위를 취득했다. 유엔 해양법 당사국회의 부의장을 역임했고 자메이카에 있는 국제해저기구 이사회 의장을 지냈다. 외국의 전문 저널에 논문을 여러 편 게재했다. 이런 전문성을 평가받아 차기 국제법규 과장이 될 것이라는 소문이 외교부 내에 퍼졌다.

창밖에서 때아닌 소나기가 내려 유리창을 흔들었다. 박 과장은 무겁게 고개를 끄덕였다.

"알았어요. 생각해 볼게요."

한참 뒤 생각을 정리한 박 과장은 용기를 내어 구상호 조약국장의 방문을 두드렸다. 평소 자신을 아끼던 상사였다. 보고서를 올릴 때마다 "좋은 생각이야. 젊은 패기와 도전이

부러워.”하며 격려하던 사람이었다. 박 과장은 그 믿음을 마지막 기대처럼 붙잡고 있었다. 그러나 박 과장의 기대는 보기 좋게 빗나갔다. 박 과장이 조심스럽게 이야기를 꺼내자, 국장은 얼굴을 굳히더니 단호하게 말했다.

“박 과장, 그만 하세요. 이 문제는 박 과장 소관 사항도 아니잖아요. 지금은 이상적인 주장을 할 때가 아니에요. 울릉도-오키 중간선이 명분이나 실리 측면에서 유리해요.”

그 말은 칼날처럼 날카로웠다. 박 과장은 순간 얼어붙은 듯 입을 다물었다.

세월은 빠르게 흘렀다. 10년 후인 2006년 박 과장은 조약국장의 자리에 앉아 있었다. 그는 사무실에 앉아 10년 전 이 자리에서 고개를 떨구던 그날이 떠올랐다. 국장의 단호한 목소리가 귓전에 맴돌았다.

“울릉도 기점으로 간다. 이상은 접어두게.”

그때부터였다. ‘정책을 바꿔야 한다’라는 생각은 그림자처럼 그의 머리에서 떠나지 않았다. 승진을 거듭하고 해외공관을 돌며 수많은 협상을 하면서도 늘 마음 한구석에서 ‘독도 기점'이라는 네 글자가 맴돌았다.

마침내 국장이 된 첫날, 직원들에게 요청한 첫 문제가 바로 이것이었다. 독도 기점 문제를 깊이 검토하도록 부탁했다. 아울러 외국의 해양법 권위자 세 명에게 비밀리에 용역을 발주했다. 비밀 유지 서약서와 함께. 그러나 날이 갈수록 어깨는 무거워졌다. 그는 막연하게 알고 있었다. 역대 장·차관들이 결정하고 지켜온 '울릉도 기점' 정책을 뒤집는다는 것은 선배들의 얼굴에 침을 뱉는 하극상이자 조직의 안정을 해치는 반란이라는 것을.

"과연 내가… 이 벽을 깰 수 있을까?"

박 국장은 깊게 숨을 들이켰다.

청와대 외교안보실장으로부터 검토요청이 있은 지 사흘 뒤에 보고서 초안이 완성되었다. 외국 학자들에게 준 용역 결과가 늦을 것으로 걱정했으나 다행히도 세 명의 학자 모두 기한 내에 제출했다. 영국 에든버러 대학교의 엘리아스 쏜(Elias Thorne) 교수는 독도가 암석(rock)으로서 EEZ 기점이 될 수 없다고 보았다. 그러나 미국 국무부 출신으로 더럼(Durham) 대학교의 비비안 홀로웨이(Vivian J. Holloway) 교수와 밴더빌트 대학교의 벤저민 리드(Benjamin I. Reed) 교수는 독도가 섬(island)으로서

EEZ와 대륙붕의 기점이 될 수 있다고 주장했다.

박 국장은 보고서의 완성도를 높이기 위해 조약국 내 토론회를 계획했다. 이른바 '끝장 토론'. 토론회에는 대립적 시스템(adversarial system)을 도입했다. 대립적 시스템이란 서로 대립하거나 경쟁하는 두 요소가 상호작용하며 성능을 향상하는 구조를 말한다. 원래 영미법에서 발전한 것으로, 형사재판에서 검찰과 변호인이 판사와 배심원 앞에서 서로 대립하며 증거를 제출하고 논쟁하는 시스템을 의미한다. 오늘날에는 대륙법 사법 체계를 가진 나라들도 절차적 공정성을 위해 대립적 시스템을 부분적으로 채택하고 있었다.

처음에는 직원들을 울릉도 기점 찬성파와 독도 기점 찬성파로 나누어 토론을 진행하고자 했다. 그러나 직원들 모두가 독도 기점을 찬성했다. 울릉도 기점을 찬성하는 직원은 찾을 수 없었다. 많은 직원은 국민 여론과 정치권이 지지하는 지금이 '독도 기점을 주장할 수 있는 마지막 기회'라고 말했다. 만약 이를 관철하지 못하면 외교부가 국민의 심각한 비판에 직면할 것이라고 우려했다.

박 국장은 결국 20여 명의 직원을 레드팀과 블루팀으로 나누었다. 레드팀은 기존의 울릉도 기점을 고수하는 팀이었다.

블루팀은 독도 기점으로 정책을 바꾸어야 한다고 주장하는 팀이었다. 두 명의 심의관이 각각 팀장을 맡았다. 토론 시작 전, 박 국장은 토론의 목적이 한국의 중장기적 국익에 가장 부합하는 안을 도출하는 데 있다고 강조했다. 그는 국민 여론이나 청와대, 여야의 입장이 고려 요소는 될 수 있어도 결정적 요소가 되어서는 안 되며, 오직 '국가이성'을 염두에 두고 토론해달라고 부탁했다.

회의실에는 긴장감이 감돌았고, 긴 테이블 양쪽에 마주 앉은 직원들의 표정은 결연했다.

먼저 레드팀이 발언했다.

"1996년부터 우리 정부는 독도를 국제법상 암석(rock)으로 보는 것이 타당하다는 입장에서 설득 논리를 제시해 왔습니다. 정부의 국제법적 논리의 일관성과 연속성을 유지하는 것이 중요합니다. 국제사회에서 신뢰를 잃으면 우리가 치러야 할 비용은 매우 클 것입니다."

반대편 블루팀은 공격적이었다.

"정책을 변경할 때 과거 논리와의 조화 문제가 발생하는 것은 사실입니다. 그러나 그것 때문에 기존 입장을 고수해야 한다는 것은 어불성설(語不成說)입니다. 흡사 구더기 무서워 장 못 담그는 격입니다. 국제법 해석과 타국의 선례를 들어 국제사회에 설득력 있는 논리를 얼마든지 제시할 수 있습니다."

"우리가 독도 기점을 택할 경우, 한일 양국의 주장이 경합하게 됩니다. 그동안 양국 정부는 독도 영유권 문제와 EEZ 경계획정 문제를 분리해서 대처하기로 합의했는데, 독도 기점을 택하면 EEZ 문제가 독도 영유권 문제로 부각될 것입니다. 이는 '독도 분쟁 지역화'를 노리는 일본의 계략에 말려들 소지가 있습니다."

블루팀의 다른 직원이 즉각 반박했다. "독도 기점 주장이 과거 정부의 입장과 모순된다는 것은 사실과 다릅니다. 우리 정부는 협상 과정에서 울릉도-오키 중간선을 제시하면서도, 독도를 기점으로 하는 방안을 완전히 배제한 것이 아님을 일본 측에 분명히 해왔습니다. 독도 기점 주장은 상황 변화에 따라 기존 입장을 발전시켜 제기하는 것이 됩니다. 그동안 일본은 우리의 울릉도-오키 중간선 제안을 수용하지 않았을

뿐 아니라, 적반하장(賊反荷杖)격으로 독도를 기점으로 주장해
왔습니다. 이런 상황에서 울릉도 기점을 고수하는 것은 의미
가 없습니다. 독도 기점으로 맞대응해야 합니다."

발언이 이어질수록 양 팀의 열기는 높아졌다. 토론은 유엔
해양법협약 제121조 1항의 '섬(island)'의 정의에 관한 해석, 학
자들의 의견, 외국의 관행으로 옮겨졌다.

레드팀이 다시 발언했다.

"국제법상 '섬'이 되기 위해서는 '인간의 거주 가능성'이
나 '독자적인 경제생활'의 요건을 갖추어야 합니다. 규정의
입법 취지를 볼 때, '암석'은 단순히 물리적 구성이 아니라
인간의 거주나 경제생활이 불가능한 '작은' 암석이라는 규모
에 주안점이 있습니다. 영국 에든버러대의 보일(Alan Boyle) 교
수, 이탈리아의 툴리오 트레비스(Tullio Trevis) 교수, 영국 카디
프대학의 브라운(E.D. Brown) 교수 등은 독도가 '섬'이 될 수 없
다고 주장합니다. 특히 영국의 록콜(Rockall) 섬 사례를 주목
할 필요가 있습니다. 영국은 과거 록콜을 '섬'으로 주장하며
200해리 배타적 어업수역을 선포했다가, 1997년 해양법협
약에 가입하면서 입장을 번복하고 '바위'로 강등시켰습니다.
참고로 록콜의 면적은 784.3㎡입니다."

블루팀이 반론을 제기했다.

"협약상 '인간의 거주 가능성' 또는 '자체의 경제적 생활'로 규정되어 있으므로 둘 중 하나의 요건만 충족하면 됩니다. 그런데 이 요건의 기준은 가변적입니다. 기술 발전으로 과거에 생존이 불가능했던 곳도 거주가 가능해졌습니다. 그것은 기술이 발전함에 따라 식수 개발이 가능해진 때문이죠. 경제활동의 개념도 마찬가지입니다. 독도 역시 관광과 자원 개발에 따라서 경제활동이 가능할 수 있습니다. 현재도 외부와의 교역을 통해 인간의 거주 및 경제활동이 가능합니다. 협약에는 인간의 거주 또는 자체의 경제활동의 판단 기준과 관련하여 'do not'이 아닌 'cannot sustain'으로 규정하고 있는데, 이는 기술 발전을 염두에 둔 입법 취지라고 생각됩니다."

"현재 독도에는 30여 명의 전경 요원이 근무하고 있고, 우리 주민인 김성도 씨가 호적을 옮기고 거주하고 있는 점에 비추어 독도가 독자적 경제생활이 가능한 '섬'으로 해석할 수 있습니다. 레드팀 주장대로 해양법협약 제121조 3항의 규정이 모호하고 국제 판례도 충분하게 형성되어 있지 않은 것은 사실입니다. 그러나 국가의 실행을 보면 인간이 거주하지 않은 작은 암석을 기점으로 200해리의 EEZ를 선포한 사례가 다수 있습니다. 예를 들어, 호주가 카르티에 섬(Cartier Island, 인간 비거주, 0.017km²)이나 맥도널드 섬(McDonald Island, 인간 비거주, 0.1km²)을 기점으로 EEZ를 선포했고, 프랑스와 멕시코가 각각 바사스 다 인디아(Bassas da India, 인간 비거주, 0.2km²)와 이슬라 로카 파르티다(Isla Roca Partida, 인간 비거주, 0.003km²)를 섬으로 주장하고 있습니다.”

“무엇보다도 상대 국가인 일본의 관행을 눈여겨볼 필요가 있습니다. 일본은 해양영토를 확장하겠다는 일념으로 태평양상에 융기된 더블 침대 크기의 바위에 불과한 오키노토리시마(Okinotorishima Reef, 인간 비거주, 9.44m²)에 대해 200해리 EEZ를 주장하고 있습니다. 이런 노력 때문에 일본은 세계에서 8번째로 큰 EEZ를 주장하고 있습니다. 면적은 한반도의 약 20배인 448만km²에 달합니다. 독도(187,554m²)는 오키노토리시마보다 이만 배나 큰 섬으로, 국제법상 ‘섬’으로 해석할 여지는 충분합니다.”

회의장은 갈수록 긴장과 열기로 가득 찼다. 최근 해양과학조사 문제로 한·일이 충돌하고 국민적 관심사가 대폭 높아진 탓인지 토론은 국민 여론으로 옮겨졌다.

"국제법과 정책의 연속성을 무시하고 국민 여론에 기대어 감정적 접근을 하다가는 국익에 해가 될 뿐입니다."

"독도를 기점으로 삼아야만 해양주권을 온전히 지킬 수 있습니다. 최근 여론조사에 따르면 절대다수의 국민이 독도 기점을 찬성하고 있습니다. 이를 무시하고 과거의 잘못된 정책에 안주할 경우 국민은 외교부를 불신하고 비판할 것입니다. 외교부가 국민의 신뢰를 잃는다면 향후 어떤 외교 협상도 힘을 잃을 수밖에 없습니다."

[그림5] 위키피디아에 올라 있는 일본의 공식 EEZ 영역

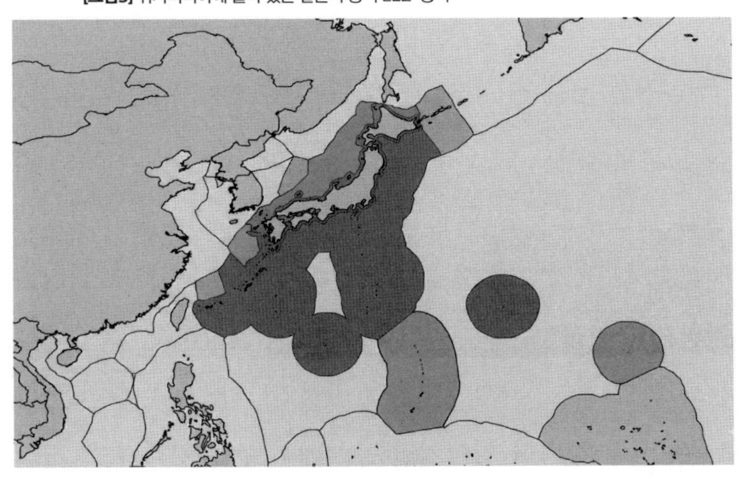

토론이 계속될수록 양측의 공방은 더욱 치열해졌다. 박 국장은 이쯤에서 토론을 종결해야겠다고 생각했다. 세 시간에 걸친 토론을 통해 주요 쟁점과 양측의 대응 논리가 거의 모두 제시되었다. 무엇보다도 이번 기회에 독도 기점으로 정책을 전환해야 한다는 조약국 직원 전체의 집단 이성을 읽을 수 있었다. 박 국장은 마이크를 들어 조용히 선언했다.

"이제 토론회를 마무리하겠습니다. 적극적으로 참여해서 보석과 같이 귀한 의견을 말씀해 주신 직원 여러분께 감사드립니다. 토론회의 목적은 결론을 단정 짓는 데 있는 것이 아니라 앞으로 나아갈 방향을 모색하는 데 있습니다. 토론회 내용을 반영하여 장·차관, 청와대에 올릴 보고서를 더욱 다듬겠습니다."

"보고서의 핵심은 독도 기점으로의 정책 전환입니다. 오늘 토론회에서도 언급되었듯이 국민의 절대다수가 독도 기점을 지지하고 있습니다. 여야를 막론하고 정치권도 정책을 전환할 것을 강하게 압박하고 있습니다. 그러나 제가 정책 전환을 건의하려는 이유는 여기에 있지 않습니다. 주요 이유는 국익입니다. 국민 여론은 가변적입니다. 정책 추진을 하는 데 있어 강력한 힘이지만 동시에 자주 변합니다. 정치적 환경, 언론 보도나 국제정세에 따라 여론은 언제든 방향을 바꿀 수 있습니다. 정책은 여론에 휘둘려 단기적 이익을 좇는 것이 아니라 중장기적 국가이익을 극대화해야 합니다.”

박 국장의 목소리엔 비장함이 서려 있었다.

“여러분은 미국 정부가 러시아로부터 알래스카를 사들인 사실을 기억하실 겁니다. 주역은 수어드(William Seward) 국무장관이었습니다. 그는 알래스카 구입이 미국에 큰 이익이 될 것이라는 신념하에 대통령으로부터 승인받기 훨씬 이전부터 구입 교섭을 시작했습니다. 그러나 국민은 냉담했습니다. 국민은 알래스카를 ‘수어드의 냉장고’ 또는 ‘수어드의 바보짓’이라고 비아냥거렸습니다. 그러나 수어드는 확신을 가지고 의회 승인을 받기 위해 노력했습니다. 그 결과 1867년 불과 720만 달러에 오늘날 텍사스의 두 배나 되는 알래스카를 사들였습니다. 통찰력과 비전을 가진 외교관이 여론에 휘둘리지 않은 덕분에 호박이 넝쿨째로 굴러들어 온 것입니다. 중장기적 국가이익이 외교관을 이끄는 유일한 나침반이 되어야 하는 이유입니다.”

“제가 독도 기점으로 정부 정책을 바꾸려는 가장 큰 이유는 바로 협상 전략 때문입니다. 과거 우리 정부는 울릉도 기점을 제시함으로써 일본의 호응을 유도하고자 했습니다. 저

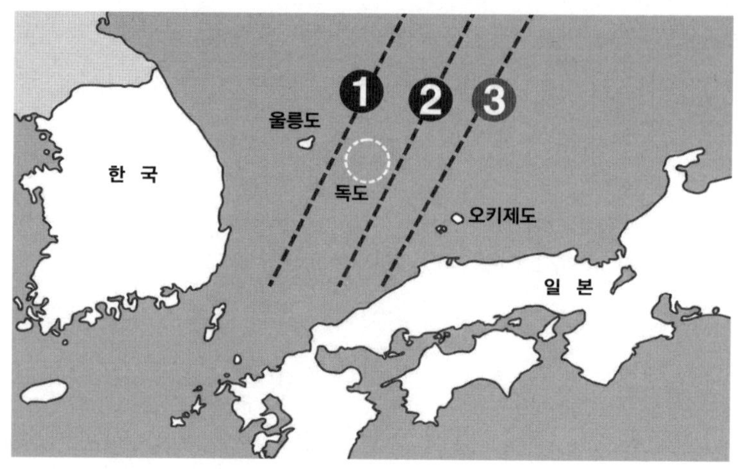

❶ 일본이 주장하는 안 : **울릉도-독도 중간**
❷ 우리가 그동안 협상에서 제기해 온 안 : **울릉도-오키 중간**
❸ 우리가 새로 확정할 협상안 : **독도-오키 중간**

[그림6] 한·일이 주장하는 EEZ 경계선

는 EEZ 경계획정 회담에 1차부터 4차까지 계속 참석했습니다. 그동안 일본의 입장은 변한 게 없습니다. 독도 영유권과 함께 독도-울릉도 중간선을 자국의 EEZ 경계선으로 일관되게 주장해 왔습니다. '독도의 분쟁 지역화' 노력도 멈추지 않고 있습니다. 울릉도 기점 정책의 기본 전제가 무너진 것입니다."

박 국장은 지도 한 장을 펼쳤다. 지도 위에는 세 개의 선이 그어져 있었다.

"독도와 울릉도 간 거리는 47.2해리입니다. 울릉도-오키 중간선을 경계로 하면 독도는 경계선으로부터 18해리 정도 한국 측 수역에 위치하게 됩니다. 문제는 일본이 울릉도-오키 중간선을 받아들일 가능성이 현재로서는 전혀 없다는 것입니다. 우리가 독도-오키 중간선을 주장하면 독도는 43해리 정도 우리 수역에 들어옵니다."

"국제 협상은 대체로 50대 50 또는 51대 49의 게임임을 고려할 때, 우리로서는 국제법상 가능한 범위 내에서 최대 주장(maximum claim)을 하는 것이 협상 전략상 유리합니다. 상대방의 선의에만 의존하는 국제 협상이란 있을 수 없습니다."

"다만, EEZ 경계획정은 합의에 따라 이루어지므로 우리가 독도-오키 중간선을 주장하더라도 이 중간선이 동해 경계선으로 설정되는 것은 아닙니다. 국제 재판이나 당사국 간 합의에 따라 EEZ 경계획정이 이루어진 사례에서 보듯이 독도와 같은 섬은 제한적인 역할만을 인정받은 경우가 많았습니다. 이를 감안하더라도 우리가 최대 주장을 함으로써 한·일 간 해양 경계선의 안쪽에 독도와 12해리 영해를 확보해야 독도 영유권을 온전하게 지켜낼 수 있습니다."

"일부 학자들은 우리가 독도 기점을 주장하면, 중국이나 일본이 동중국해에서 작은 암석을 기점으로 주장하고 있어 앞으로 협상에서 불리해질 수도 있다고 말합니다. 저는 그렇게 생각지 않습니다. 도서를 기점으로 채택하느냐의 여부는 섬의 크기, 주민의 거주 여부, 식수 등 각각의 구체적 특징에 따라 결정되기 때문입니다."

여기까지 말한 박 국장은 깊은숨을 내쉬며 직원들을 둘러보았다.

"여러분도 알다시피 독도 기점 문제는 단순한 기술적 논의가 아닙니다. 상급자들을 설득하는 일은 결코 쉽지 않을 겁니다. 정책의 연속성을 중시하고 과거의 정책 오류를 인정하지 않는 문화와 외교부 특유의 보수적 풍토가 우리를 가로막고 있습니다."

잠시 말을 멈추고 책상 위에 손을 올린 그는 목소리를 조금 낮추어 진심 어린 어조로 말했다.

"제 임무의 성패는 정책 변화의 필요성을 상부에 어떻게 설득력 있게 전달하느냐에 달려 있습니다. 그것은 어려운 과정이 될 겁니다. 저 혼자만으로는 도저히 버티지 못할 겁니다. 여러분이 힘을 모아 제 옆에서 지원해 주어야 합니다. 비판과 때로는 인사상 불이익까지도 감수하면서 끝까지 함께해 주셔야 합니다."

회의실 안에는 묵직한 침묵이 흘렀다. 그것은 거절의 침묵이 아니었다. 직원들 사이에서 고개를 끄덕이는 모습이 늘어났다. 서로 눈빛을 교환하며 어려운 싸움이지만 함께 하겠다는 무언의 결의가 느껴졌다.

박 국장은 토론회 내용을 바탕으로 보고서를 가다듬었다. 토론회의 뜨거운 열기와 격렬한 주장을 떠올리며 생각했다. '국민 여론은 뜨겁게 독도 기점을 지지하지만, 그것을 그대로 보고서에 담는 순간 보고서의 무게는 가벼워진다.'

보고서의 핵심은 단 하나, 순전히 중장기적 국익의 관점에서 어느 쪽이 우리에게 더 큰 이익을 가져올 수 있는가였다. 그는 여론조사 수치와 정치권 반응을 삭제했다. 대신 국제법 이론, 판례와 각국의 관행을 정리했다. 감정적 수사 대신 치밀하고 분명한 논리와 수치를 채워 넣었다. 양쪽 선택이 가져올 외교적 이익과 부담을 분석했다. 일시적 여론에 영향받은 보고서가 아닌 긴 호흡으로 국익을 계산한 보고서라야만 상급자들을 설득하고 자신의 진정성을 보여줄 수 있을 것이었다.

제20장

거대한 벽 —장·차관의 반대

5월 3일 수요일 오후 2시. 외교통상부 17층 상황실의 공기는 납덩이처럼 무거웠다. 창밖에는 따스한 봄 햇살이 비치고 있었지만, 회의실 안은 냉랭했다. 장관을 비롯해 차관, 차관보, 국장 등 외교부 수뇌부가 한자리에 모였다.

회의실 안은 긴장감으로 가득 차 있었다. 장·차관과 국·과장들이 모두 자리를 잡자 잠시 정적이 흘렀다. 그 순간 박 국장이 천천히 일어나 단상 앞에 섰다. 수십 개의 눈동자가 화살처럼 그에게 꽂혔다. 그는 안경을 추어올리며 시선들을 정면으로 받아냈다.

"장관님, 그리고 여러 선배·동료 여러분, 오늘은 독도의 배타적경제수역 기점 사용 문제에 대해 보고드리겠습니다. 그동안 청와대에서는 이 문제에 대한 검토 보고서를 빨리 제출해 줄 것을 여러 번 요구했습니다. 여러분도 아시다시피 이 문제는 독도 영유권 문제와 직결되는 문제인 만큼, 저희 조약국에서는 숙의토론(熟議討論)을 거듭했습니다. 국제법 해석은 물론 여러 나라의 관례를 분석했고, 아울러 저명한 외국 학자들의 의견도 비밀리에 수집했습니다. 오늘 보고를 바탕으로 보고서를 계속 보완할 생각입니다. 여러분 앞에 놓인 보고서를 참고해 주시기를 바랍니다."

짧지만 힘 있는 서두였다. 그의 목소리는 흔들림이 없었고 자신감이 배어 있었다. 그는 한·일 간 EEZ 경계획정 추진 현황, 우리 정부의 기존 입장에 이어 정책 전환의 필요성에 대해 보고를 이어갔다.

"분석 결과… 이제는 기존 정책을 바꿀 때가 되었다는 결론에 도달했습니다. 이유는…."

설명이 채 마무리되기 전에 1차관이 발언을 요청했다. 그는 차가운 얼굴로 서류를 내려다보다가 이내 고개를 들어 단호한 어조로 발언을 시작했다.

"우선, 조약국 보고서는 완벽하다는 말을 하고 싶습니다. 내용 및 논리에 동감합니다. 보고서를 작성하느라 고생했을 조약국장과 직원 여러분들의 노고를 치하합니다. 그러나 과거에 울릉도 기점을 채택한 것은 법리 해석이 잘못된 것이 아니고 정치적 선택의 문제였습니다. 독도 영유권 문제가 부각되지 않으면서 일본과의 합의로 EEZ 경계획정을 하려는 협상 전략의 문제였습니다. 그래서 지난 10년간 정부는 EEZ와 영토 문제를 분리한다는 원칙에 따라 울릉도 기점을 견지해 왔던 것입니다. 일본은 국제 재판소에 독도문제를 가져가는 것이 궁극적 목표인데 여기에 말려들어서는 안 됩니다. 나는 독도 기점에 반대합니다."

그의 얼굴에는 독도 기점 검토에 단호하게 선을 그어야 한다는 표정이 역력했다. 뒤이어 2차관이 발언했다. 그는 잠시 숨을 고르며 회의장을 둘러본 후 굳은 표정으로 말을 시작했다.

"1996년 이후 일본과의 교섭에서 우리가 독도-오키 중간선이 아닌 울릉도-오키 중간선을 채택한 것은 타결 가능성을 고려한 종합적인 판단의 결과였습니다. 정책 연속성을 무시할 경우 불필요한 혼란만 초래될 것입니다."

이번에는 아태국장이 나섰다. 그의 얼굴은 싸늘히 굳어있었다.

"한일 관계는 지금 살얼음판입니다. 겨우 균형을 유지하고 있는데 독도 기점까지 건드리면… 양국 관계는 파국입니다. 우리 외교가 설 자리를 잃게 됩니다."

고립무원이었다. 회의장은 연이어 쏟아지는 반대와 비판으로 가득 찼다. 박 국장의 보고는 채 끝나기도 전에 여기저기서 끊기고 날카로운 지적과 반론이 겹겹이 쌓여 그의 말을 압도했다. 주변을 둘러싼 차가운 시선과 가시 돋친 말투는 그의 앞에 두꺼운 벽처럼 버티고 서 있었다.

박 국장은 잠시 시선을 떨구었다가 깊게 숨을 고르며 자신을 스스로 다잡았다.

"여기에서 무너지면 독도 기점은 물 건너갈 것이다."
그는 의도적으로 어깨를 펴며 목소리를 가다듬었다.
"말씀하신 우려는 충분히 이해합니다. 과거 정부가 택한 울릉도 기점이 독도 영유권 문제를 건드리지 않고 일본과 타협을 이루어 내겠다는 협상 전략에서 채택된 점도 잘 알고 있습니다. 그런데 10년이 지난 지금, 우리의 정책은 효과가 있었습니까?”

“저는 지난 1차 EEZ 경계획정 교섭 회담부터 마지막 4차 회담까지 계속해서 참여했습니다. 그간 일본의 입장은 조금도 변하지 않았습니다. 일관되게 독도 영유권과 독도-울릉도 중간선을 EEZ 경계선으로 주장하고 있습니다. 아울러 ‘독도 분쟁 지역화’라는 목표하에 끊임없이 우리의 독도 영유권을 훼손하고 있습니다.”

박 국장은 옷매무새를 가다듬은 후 말을 이었다.

“최근 동해에서의 해양조사 문제는 한 예에 불과할 뿐입니다. 이런 상황에서 정책을 변경하지 않는다면 중장기적으로 더 큰 외교적 부담을 초래할 것입니다. 이번 동해에서 해양 위기가 발생한 이후 국민 여론은 압도적으로 독도 기점을 지지하고 있습니다. 이는 여러 여론조사의 결과로 확인되고 있습니다. 우리의 독도 정책도 보편적 국민 의식에 바탕을 두어야만 효율적으로 수행할 수 있습니다. 우리가 국민을 설득할 수 있는 논리를 제시하지 못한 채 울릉도 기점을 고수할 경우, 외교부는 국민과 괴리되어 있다는 비판을 면치 못할 것…"

박 국장의 말이 끝나기도 전에 1차관이 다시 마이크를 잡았다.

"물론 국민 여론을 무시할 순 없지요. 그러나 여론이란 순식간에 바뀔 수도 있어요. 때문에 이런 중차대한 정책을 결정하면서 여론에 휘둘려서는 안 됩니다. 만에 하나 독도 기점으로 정책이 바뀌더라도 정책이란 시대적 환경에 따라 발전하는(evolving) 것이므로 과거에 울릉도 기점을 결정했던 선배들이 비난받아서는 안 됩니다."

1차관은 독도 기점으로 바뀔 경우 혹시라도 생길 책임 문제를 우려하는 듯했다. 도와주기로 약속했던 차관보마저 압도적인 반대 분위기에 눌려 침묵하고 있었다.

회의실은 여전히 팽팽한 긴장 속에 있었다. 박 국장이 당당하게 반론을 펼쳤지만, 소용없었다. 논리는 분위기에 먹혔고 변화 필요성은 명분에 짓눌렸다. 관료 특유의 '현실론'이 회의장을 지배했다. 모두의 시선이 장관 쪽으로 쏠렸다. 장관은 천천히 의자에 등을 기대며 입을 열었다.

"여러분은 1982년 포클랜드 전쟁(Falklands War)을 기억할 거예요. 당시에 영유권 문제가 전면에 부각되자, 대화와 협상은 곧바로 막다른 길로 접어들었지요. 우리 목표는 독도 영유권 문제를 불필요하게 쟁점화하지 않고 배타적경제수역 문제에 국한하여 논의가 진행되도록 하는 것입니다."

장관 발언은 독도 기점으로의 정책 변화를 받아들이지 않겠다는 의미였다. 회의장은 장관의 한마디로 정리되었다. 박 국장의 제안은 더 이상 논의되지 못한 채 종결되었다. 허탈한 마음으로 방에 돌아온 박 국장은 소파에 털썩 주저앉았다. 보고를 준비하면서 밤을 지새운 수많은 순간이 머릿속을 스쳐 지나갔다. 반대가 있을 것으로 예상은 했지만 이렇게 강한 반대에 부딪힐 줄은 몰랐다. 상급자들의 강한 반대와 장관의 최종 발언은 그의 제안이 채택될 여지를 완전히 지워버린 것이나 다름없었다.

금일 반대를 주도한 이들은 소위 '재팬 스쿨'에 속했다. 외교부에는 '워싱턴 스쿨', '재팬 스쿨', '차이나 스쿨'이 있다. 학교나 학원의 이름이 아니다. 미국, 일본, 중국 등 중요한 나라들을 다루는 지역전문가 그룹을 일컫는 말이다. 같은 스쿨에 속하는 외교관들이 서로 끈끈한 유대관계를 갖고 승진과 보직을 독식한다는 비판도 일부에서 제기되고 있었다. 보통 일본을 담당하는 동북아 1과에서 일하고 주일 대사관에서 근무한 경험이 있으면 재팬 스쿨에 속한다. 재팬 스쿨은 외교부 내에서 워싱턴 스쿨 다음으로 비중과 영향력이 크다. 재팬 스쿨에 속하는 사람들은 누구보다 일본을 잘 알고 있었다. 일본을 잘 알기에, 일본과의 마찰을 두려워하는 사람들. 그 거대한 벽 앞에서 박 국장의 '국익' 논리는 무력하게 부서졌다.

일본을 가장 잘 안다는 그들. 하지만 그 '앎'이 어느새 '두려움'이 되고, '두려움'이 다시 '보신(保身)'이 되어버린 거대한 카르텔. 그들은 한일 관계 악화라는 리스크를 짊어지려 하지 않았다. 그 견고한 성벽 앞에서 국익을 위한 일개 국장의 외침은 계란으로 바위 치기에 불과했다. 이제 반대하는 선배들의 의견을 따라 뜻을 접어야 하는가. 그것이 조직의 관행이자 질서였다. 공무원의 저항은 자폭을 의미했다.
"이대로 물러설 것인가…"

박 국장은 뜬눈으로 밤을 지새웠다. 창밖이 푸르스름하게 밝아올 무렵, 그는 거울 속에 비친 자신의 충혈된 눈을 바라보며 다짐했다. '정면 돌파가 안 된다면, 우회한다. 성벽을

넘을 수 없다면, 성벽 밖의 사람들을 움직이겠다.'

다음 날 오전 10시, 박 국장은 조약국 직원들 앞에 섰다. 회의실에 모인 직원들의 얼굴에는 긴장감과 피로가 동시에 묻어났다. 어제 열렸던 회의 결과를 전해 들은 직원들의 얼굴에는 깊은 염려가 어려있었다. 그는 조용히 단상을 잡고 말을 시작했다.

"여러분, 어제 장관님 보고 결과는 들어서 알고 있을 겁니다. 장·차관과 여러 간부의 반대로 독도 기점으로의 정책 변화 필요성을 설득하지 못했습니다. 보고를 위해 많은 시일을 수고해 준 여러분께 송구스럽습니다."

박 국장은 잠시 침묵한 뒤, 결연한 목소리로 말을 이었다.

"이제 우리에게 남은 선택지는 두 가지입니다. 첫 번째는 장·차관의 지시대로 기존의 울릉도 기점을 고수하는 것입니다. 이 방안은 여러분과 저의 커리어에 안전한 길입니다. 청와대에 보낼 보고서에는 선배들이 했던 기존 논리를 답습하면 됩니다."

"두 번째는… 그럼에도 불구하고 독도 기점을 계속 추진하는 것입니다. 우리는 지난번 토의를 통해 독도 기점으로 정책을 바꿔야 한다는 데 컨센서스를 이루었습니다. 이번에 뜻을 이루지 못한다면 우리는 역사 앞에 부채 의식을 갖고 두고두고 후회할지 모릅니다."

그의 목소리는 낮았지만 울림은 단단했다.

"그러나 이 길은 멀고 험할 겁니다. 공무원 사회에서 장·차관이 반대하는 정책을 추진한다는 것이 무엇을 뜻하는지 말씀드리지 않아도 여러분은 잘 아실 겁니다. 저는 어려움에도 불구하고 독도 기점을 계속 추진하겠습니다. 저의 개인적 안위(安危)와 커리어를 걸겠습니다. 모든 책임은 제가 지겠습니다."

순간 회의실의 공기가 얼어붙었다. 직원들이 숨소리조차 삼가며 그의 입술만을 바라봤다. 박 국장은 잠시 침묵을 두른 뒤 다시 입을 열었다.

"추진 방법은 지금까지와는 달라야 합니다. 장·차관의 반대 방침이 명확해진 지금 직접적인 정면 돌파는 파멸을 의미

합니다. 단계적, 우회적 방법으로 추진해야 합니다. 이 방법
은 더 늦고 더 어려울 수 있습니다. 그러나 우리에게는 최선
의 방법이라고 생각합니다."

이어 그는 한층 엄중한 어조로 말을 이었다.

"어제 회의에서 울릉도 기점과 독도 기점이 충돌했다는
것과 같은 내부의 이견(異見)이 밖으로 흘러 나가서는 안 됩니
다. 외교관은 이념 집단이 아닙니다. 국익을 위해, 국민을 위
해 최일선에서 봉사하는 집단입니다. 울릉도 기점 파도 독도
기점 파도 생각이 같을 겁니다. 다만 무엇이 국익을 위해 더
나은 길인가에 대해 생각이 다를 뿐입니다."

"과거에 외교 노선과 관련하여 자주파와 동맹파가 맞부딪
혔을 때 국민 여론은 분열되고 외교부는 국민의 신뢰를 잃었
습니다. 두 번 다시 이런 실수를 반복해서는 안 됩니다. 또한
독도 기점이 결정되더라도 장·차관 등 고위인사의 입을 통
해 발표되어야 합니다. 결코 조약국이 주동이 되어 결정했다
는 인상을 주어서는 안 됩니다."

"무엇보다도 우리는 지지여론을 확보하기 위한 노력을 조

용하지만, 끈기 있게 추진해 나가야 합니다. 이를 위해 국제법 전문가들과의 간담회를 수차례 개최하겠습니다. 그들의 의견을 듣고 보고서에 반영하겠습니다. 청와대에서 검토 보고서를 재촉하고 있지만 간담회 이후로 제출을 미루겠습니다.”

말이 끝나자, 회의실은 적막에 잠겼다. 그러나 그 적막은 단순한 침묵이 아니었다. 직원 각자의 가슴 속에서 무언가 무겁고도 결연한 각오가 싹트고 있었다. 박 국장의 선언이 꺼져가던 불씨에 기름을 부었다.

며칠 후 전문가의 의견 청취를 위한 간담회가 개최되었다. 이 자리에는 그간 정부 입장에 대해 줄곧 비판적 입장을 취해왔던 교수들도 대거 참석했다. 아마도 독도 기점 문제가 갖는 역사적 중요성을 절감한 것 같았다. 그들은 거의 예외 없이 독도 기점에 찬성했다. 어떤 국제법 교수들은 박 국장이 처한 내부적 난관을 잘 알고 있다는 듯이 격려와 성원을 보냈다. 흰머리가 성성한 한 원로 교수는 부드럽게 웃으며 말했다.

“박 국장, 어려운 길을 가고 있는 것 잘 압니다. 그러나 국익을 지키기 위해서는 뚝심이 필요합니다. 용기 잃지 마세요.”

옆자리에 앉은 다른 교수도 곧장 말을 보탰다.

“지금은 반대가 많을지 몰라도 시간이 지나면 옳은 선택이었다는 평가가 따를 거예요. 국민 의사를 거슬려서는 안 됩니다. 내부적으로 힘든지 알지만 큰 흐름에서 국장님이 옳습니다.”

따스한 위로와 격려의 말을 듣고 박 국장과 직원들은 혼자가 아니라는 사실을 느꼈다. 간담회에 모인 이들이 단순한 조언자가 아니라 고뇌를 이해하고 부담을 함께 지는 동지처럼 다가왔다. 간담회가 끝난 후 박 국장과 직원들은 한동안 마음이 뭉클해졌다.

보다 큰 격려와 성원을 보내준 곳은 국회였다. 5월 10일 수요일 아침 7시 반 국회 본청 205호실. 독도 특위가 개최되었다. 민주혁신당의 채이수 의원이 회의를 주재했다. 박 국장은 1차관과 차관보를 모시고 참석했다. 이른 아침부터 특위 회의장은 긴장감으로 가득 차 있었다. 차관이 답변석에 앉자마자 의원들의 고성이 터져 나왔다.

"차관! 독도가 우리 영토임에도 왜 아직 기점을 못 박지 못하고 있나요?"

"예, 장단점을 중심으로 검토 중입니다."

"몇 년째 검토하고 있다는 말만 되풀이하고 있어요. 국민은 답답해 죽겠습니다. 일본은 계속 도발하고 있는데 정부는 왜 이렇게 미적거립니까?"

"네, 워낙 국익에 미치는 영향이 크기 때문에 검토가 늦어질 수밖에….""

차관의 말을 끊으며 다른 의원이 손바닥으로 책상을 치며 목청을 높였다.

"정책을 결정하기 위해서는 외교적 파장도 고려해야 한다는 점 이해합니다. 그러나 결정 못 하는 것도 결국은 하나의 선택입니다. 그 사이에 우리의 입지는 점점 좁아지고 있습니다. 국익을 지켜야 할 외교부가 도리어 뒤로 숨는 꼴입니다."

회의장 곳곳에서 의원들의 목소리가 터져 나왔다.

"언제까지 눈치만 볼 겁니까?"
"외교는 조심스러워야 하지만, 영토주권 문제에서 만큼은 단호해야지요."

"책임을 회피하지 말고 결단을 내리세요."

차관의 입장을 더 난처하게 만든 것은 바로 방청석에 있던 세 분의 국제법 교수들이었다. 그들은 국제법적 관점에서 정부의 울릉도 기점을 비판했다. 한 교수가 천천히 일어나 목소리를 가다듬었다.

"차관님, 국제법상 독도 기점 설정은 충분히 가능합니다. 일본의 반발을 우려해 결정을 미루는 것은 법리적 정당성보다 외교적 고려를 우선시하는 처사에요."

차관이 응수했다.
"나도 법대 출신이고 관련 국제법을 압니다. 국제법에 따르면……"
차관의 말을 자르면서 다른 교수가 큰 소리로 말했다.

"여기 있는 교수들 모두 법대 교수입니다. 국제법을 모르는 사람이 누가 있습니까? 차관께서 신중함을 강조하시지만, 지나친 신중은 결국 소극적, 부정적 태도로 읽힐 수밖에 없습니다."

여야와 학계까지 합세한 십자포화. 차관의 이마에는 진땀이 맺혔다. 답변서를 움켜쥔 손은 더욱 굳어졌고 목소리는 떨려 나왔다. 여야를 막론한 의원들의 집중적인 비판을 받고 난처한 처지에 놓였다. 박 국장의 시선이 답변석에 앉은 차관을 향했다. 질책에 굳어진 표정, 대답을 망설이며 흔들리는 눈빛. 박 국장은 속으로 조용히 중얼거렸다.

"차관이 오늘 회의장에서 느꼈을 거야. 국민 여론이, 정치권의 열망이 이토록 뜨겁다는 사실을… 절대다수의 국민이 갖고 있는 보편적 법 감정과 법의식에 호응하지 않을 때 외교부는 소외될 것이라는 걸…."

위원장은 단호한 어조로 경고하면서 회의를 끝냈다.
"차관은 법리를 들어 소극적 입장을 견지하시는 데 정작 국제법 교수들은 가능하다고 말씀하셨습니다. 만일 외교부가 이른 시일 내에 조처하지 않으면 특위 차원에서 강력한 입장을 내겠습니다."

국민의 법 감정과 괴리된 외교부의 현주소가 적나라하게 드러난 회의였다. 박 국장의 가슴 속에는 희미한 희망의 불씨가 일렁였다. 국민의 열망이 정책 변화를 가져다줄 수도 있다는 희망.

그날 밤, 중앙청 옆에 있는 한 조용한 일식당. 마주 앉은 차관과 박 국장은 생선구이와 사시미를 앞에 두고 있었다. 술잔이 세 번쯤 오간 뒤, 차관이 먼저 입을 열었다.

"박 국장, 자네야 늘 원칙을 말하지. 국제법적으로, 또 협상 전략상으로 독도가 기점이 되어야 한다는 것… 나도 그 논리가 허술하지 않다는 건 알아."

그는 젓가락을 내려놓고 술잔을 돌리며 말을 이었다.
"하지만… 세상은 법 논리대로만 돌아가는 게 아니잖나. 울릉도 기점을 바꾸더라도 조금씩 바꾸면 어떨까."

박 국장은 차관이 말하는 점진적 변화가 무엇을 말하는지 실무적으로 이해하기 힘들었다. EEZ 기점은 울릉도냐 독도

냐 둘 중 하나일 뿐 그사이에 '절반 기점' 같은 중간단계가 있을 수 없기 때문이었다. 오히려 정책 변화에 대한 차관의 깊은 고뇌가 느껴졌다. 현실적으로는 정책 변화의 의지가 있음을 은근히 시사하면서 당장 정책을 뒤집어 혼란을 일으키고 싶지 않다는 의도로 들렸다.

침묵하는 박 국장에게 차관이 말을 이었다.

"과거에 독도 기점을 채택하지 않은 것은 국제법 해석을 잘못해서 그런 것이 아니야. 정치적 선택의 결과였을 뿐이지. 독도 기점으로 바꿀 경우 전임자들이 책임지는 상황이 와서는 절대 안 되네."

박 국장은 차관을 안심시키고 싶었다.

"차관님, 그럴 일은 절대 없습니다. 제가 1차부터 4차까지 EEZ 경계획정 회담에 참여했기 때문에 당시 상황을 잘 압니다. 당시 상황과 독도 기점으로 바꾸어야 하는 지금 상황의 차이를 국제법 논리를 들어 청와대와 언론에 충분히 설득할 수 있습니다."

사실 박 국장은 늘 생각해 왔다. 공직사회가 생존을 위해

방어적으로 될수록, 국가는 역설적으로 더 큰 위험에 노출된다는 사실을.

'정책이란 결국 시대의 상황과 조건 속에서 선택된 하나의 방향일 뿐인데… 후대의 잣대로 선대의 정책을 단죄한다면, 누가 감히 미래를 향해 한 걸음이라도 내딛으려 하겠는가.'

박 국장은 최대한 차관을 안심시키려고 노력했다. 하지만 차관의 얼굴은 여전히 굳어있었고 눈동자에는 묘한 불안이 깃들어 있었다. 박 국장은 속으로 깊은 한숨을 내쉬었다. 그리고 그는 깨달았다. 아무리 합리적으로 설명해도 책임에 대한 두려움에서 자유로워지지 않는 한 독도 기점으로의 정책 변화가 어려울 것이라는 것을.

제21장

대통령의 지시

　5월의 밤은 잔인했다. 술자리의 결기는 새벽안개처럼 흩어졌고, 남은 것은 냉혹한 현실이었다. 상급자들의 눈초리는 날카로운 가시가 되어 박 국장의 심장을 찔렀다. 보고서 한 줄을 쓰는 것조차 살얼음판을 걷는 듯했다. 밤늦게 홀로 남은 사무실. 창밖에는 서울의 화려한 야경이 펼쳐져 있었지만, 유리창에 비친 그의 얼굴은 고립무원의 섬에 갇힌 조난자처럼 초라했다.

　박 국장의 어깨를 짓누른 더 큰 어려움은 따로 있었다. 그것은 다름아닌 '내 사람'들의 인사 문제였다. 외교관 인사는 봄·가을 두 차례. 어느 나라로 가느냐는 단순한 발령 문제가 아니었다. 개인의 커리어를 좌우하고 배우자의 직장 문제와 자녀 교육까지 얽혀 있는 삶 전체의 무게였다. 인사철이 되면 국장은 장·차관과 차관보 등 상급자들을 찾아가 직원들의 인사를 부탁했다. 그것은 하나의 관례이자 생존방식이었다.

박 국장은 가을 발령에 해당하는 직원들의 희망지를 받아들고 상급자들께 직원들의 이름을 조심스레 꺼내며 부탁 말씀을 드렸다. 그러나 그들은 명단이 적힌 서류를 흘깃 볼 뿐, 싸늘한 침묵으로 일관했다. 책상 위에 놓인 인사 희망 서류를 볼 때마다 박 국장은 자신을 믿고 따르는 직원들의 얼굴이 떠올랐다.

"국장님, 제 아이가 내년에 중학교라… 교육여건이 좋은 곳으로 가기를 희망합니다."

"이번에는 남편이 함께 갈 수 있는 가까운 나라였으면 합니다."

그는 깊은 밤 홀로 사무실에 앉아 두 손으로 관자놀이를 짚으며 중얼거렸다.

"내가 앞장서서 독도 기점을 주장한 탓에 직원들의 앞길이 막히는 건 아닐까…."

밤마다 죄책감이 그를 옥죄었다. 박 국장은 나날이 커지는 부담 속에 지쳐가고 있었다. 독도 기점 논의는 상급자들의 반대와 비판 속에 제자리걸음을 했고 직원들의 인사 문제는 그를 괴롭혔다. '사람은 일을 계획해도 이루는 것은 하늘이다'라는 옛말을 되뇌며 버티는 것 외에는 할 수 있는 게 없었다.

그러나 하늘은 가장 극적인 순간에 문을 열었다. 5월 23일 화요일 오후 2시, 제2차관실. 박 국장은 차가운 긴장감 속에 2차관에게 업무보고를 하고 있었다.

"요즈음 청와대로부터 독도 기점에 대한 보고서를 빨리 보내라는 성화에 시달리고 있습니다. 말씀드린 대로, 울릉도 기점보다는 독도 기점이 국제법상 그리고 협상 전략상…"

"그만 하세요."

2차관의 목소리는 단호했다.

"박 국장, 자네 요즘 너무 독도 기점만 고집하는 것 같아. 상사의 입장을 무시하고 자기 생각만 주장하는 것은 조직을 흔드는 거야."

박 국장은 입술을 깨물며 고개를 떨구었다. 바로 그때였다. 비서가 와서 전화가 왔음을 알렸다.

"예, 2차관입니다."

잠시 침묵과 함께 그의 얼굴이 굳어졌다. 수화기 너머에서 들려오는 목소리는 청와대의 황민우 외교안보실장이었다. 수화기 너머의 목소리가 명료하게 들렸다.

"차관님, 대통령님께서 직접 지시하셨습니다. 받아 적으세요. '이제는 독도를 기점으로 주장하지 않을 수 없게 되었다. 비실비실 하지 말고 분명하게 대응하라' 이상입니다. 독도 기점으로 추진하세요."

정적이 흘렀다. 조금 전까지 서슬 퍼렇던 차관의 눈동자가 심하게 흔들렸다. 그는 마른침을 삼키며 낮게 대답했다.

"예… 알겠습니다. 대통령님 지시라면, 당연히… 예, 바로 착수하겠습니다. 카타르의 도하에 계신 장관님께도 바로 보고드리겠습니다."

짧은 통화였지만 방 안의 공기는 단숨에 뒤집혔다. 수화기를 내려놓은 차관은 박 국장과 눈을 마주치지 못했다. 조금 전까지만 해도 단호하던 목소리는 사라지고 대신 어색한 침묵만이 흘렀다.

박 국장은 한동안 아무 말도 하지 못했다. 심장이 두근거렸고 가슴 깊은 곳에서 뜨거운 무언가가 치밀어 올랐다. 자신이 싸워온 지난한 고독과 몸부림이 순식간에 새로운 국면으로 바뀌는 순간이었다. 그는 속으로 조용히 중얼거렸다.

"역시 사람의 힘은 한계가 있구나. 아무리 밀어도 꿈쩍도 하지 않던 관료주의의 벽이 대통령의 한마디로 무너져 내리다니…."

대통령의 한마디. 그것은 모든 논란을 잠재우는 절대 반지였다. 하지만 박 국장은 냉정하게 다짐했다. 이 기회를 살려내는 것은 온전히 자신의 몫이라고.

제22장

독도 기점 선언

인생은 우리가 상상하는 것처럼 직선으로 흐르지 않는다.
예상치 못한 전환, 높낮이, 의심의 순간, 명료함의 순간들로 가득하다.
—**수잔 루치** (Susan Lucci)

역사는 직선으로 흐르지 않는다. 권력의 지시가 있어도, 관료 조직의 관성(Inertia)은 끈질겼다. 며칠 뒤, 차관보는 뜬금없이 "브레인스토밍 회의를 하자"고 통보했다. 1, 2차관은 물론 전직 조약국장 출신인 구상호, 정태수 대사까지 불러 모은 주말 회의였다. 이미 대통령의 지시가 떨어진 마당에 또다시 논쟁이라니? 박 국장은 이것이 조직의 마지막 저항임을 직감했다.

5월 27일 토요일 오후 5시 외교부 17층 상황실. 금일 회의에서는 과거 회담에서 일본의 기본입장이 무엇이었냐가 쟁점으로 떠올랐다. 먼저 박 국장이 보고서를 토대로 발언했다.

"울릉도-독도 중간선이 일본의 기본입장입니다… 지난 4월 일본의 해양과학조사도 이러한 일본의 기본입장을 전제로 이루어진 것입니다."

그때 구상호 대사가 손을 들었다. 언행이 신중하고 실력을 갖춰 후배들이 존경하는 외교관이었다. 박 국장도 내심 인품과 실력을 존경해 마지않던 마음의 스승 같은 선배였다.

"박 국장, 틀렸어요. 일본의 기본입장은 독도-울릉도 중간선이 아니고 '한일 본토 간 중간선'이에요."

순간 박 국장은 귀를 의심했다. 실력과 인품을 갖춘 선배가 전혀 사실이 아닌 말을 한 사실이 믿기지 않았다. '저분이 왜 저런 말씀을 하셨을까? 단순한 실수였을까, 아니면 내가 모르는 다른 의도가 있었던 걸까…'

구 대사의 발언은 회의장의 불씨가 되어 순식간에 불길로 번졌다. 불길은 고스란히 박 국장을 향해 몰아쳤다. 먼저 입을 연 것은 2차관이었다.

"조약국 보고 자료에 따르면 일본의 기본입장이 불분명합니다. 구 대사님의 설명을 듣고 보니 혼란이 커지기만 해요. 일본의 기본입장이 무엇인지도 모르면서 독도 기점으로 정책을 바꾸는 것은 시기상조예요."

1차관이 이어서 공격에 가담했다.

"지금까지 조약국이 정확하지 않은 보고를 토대로 장·차관을 속였네요(mislead)!"

장·차관을 속였다는 말에 박 국장의 분노가 치밀었다. 그것은 단순한 문제 제기나 비판이 아니었다. 명예 살인이었다. 오랜 세월, 외교관으로서 쌓아온 명예와 양심을 짓밟는 모욕이었다.

"속였다니요? 저는 단 한 순간도 일본 정부의 입장을 왜곡하거나 장·차관님을 기만한 적이 없습니다. 오히려 누구보다 솔직하게, 그리고 책임감을 가지고 보고드려 왔습니다."

박 국장의 목소리에는 흥분과 격앙이 고스란히 묻어났다. 존경하던 선배의 발언, 자신에 대한 상급자들의 불신과 공격이 겹치면서 더는 침묵할 수 없었다. 그러나 그는 알고 있었다. 흥분하면 진다는 것을. 외교부라는 조직에서 목소리를 높이는 것이 또 다른 약점이 된다는 것을… 그는 애써 분노를 가라앉히며 단호한 목소리로 말했다.

"본토 간 중간선에 대해 제가 알고 있는 바를 말씀드리겠습니다. 1996년 당시 일본은 동해에서 어족자원 보존을 위해 한일 어업협정 체결이 시급하다고 판단했습니다. 그래서 우리에게 어업협정 체결을 위한 회담을 제의했습니다. 그러나 한국으로서는 급할 게 없었습니다. 당시 우리 정부에게는 EEZ 경계획정이 우선순위였습니다. 독도가 우리 EEZ 수역에 포함되는 경계선을 설정하는 것이 국익에 부합된다고 생각했던 겁니다."

"그러나 일본은 어떻게 하면 한국과 어업협정 회담을 개최할 수 있을까를 궁리했습니다. 그 결과 어업협정 회담과 EEZ 경계획정 회담이라는 투 트랙 (two track) 회담을 제의한 거죠. 지금도 저는 생생히 기억하고 있습니다. 당시 일본 수석 대표의 말을. 그는 EEZ 회담이 개최되면 당연히 독도가 한국 측 EEZ 내에 포함될 것이라고 했습니다. 그러니 걱정하지 말고 어업회담을 개최하자고 했습니다. 어업회담에 소극적이었던 한국 정부를 꼬드기기 위해 한 말이었습니다. 그래서 어업회담과 EEZ 경계획정 회담이 개최되기 시작한 거죠."

그는 숨을 고르며 말을 이어 나갔다.

"제1차, 제2차 EEZ 경계획정 회담에서 한국이 어업회담에서 박차고 나가는 것을 방지하기 위해 일본이 미끼로 쓴 것 중의 하나가 바로 '본토 간 중간선'과 '독도 통과선'이었습니다. 그들은 비공식 자리에서 이런 안들을 미끼로 사용하며 투 트랙 회담 틀을 유지해 왔습니다. 그 결과 1998년 한일 신어업협정이 체결되었습니다. 그러나 EEZ 경계획정 회담에서는 지금까지 아무런 진전이 없습니다. 오히려 신어업협정 체결 후에는 독도-울릉도 중간선을 일관되게 주장해 오고 있습니다."

좌중이 조용해졌다. 누구도 사실(fact) 앞에서 반박할 수 없었다. 그때 정태수 대사가 나섰다. 당연히 독도 기점에 대해 비판적 입장을 보일 것으로 예상했으나 뜻밖의 말을 했다.

"1996년 이후 10년이 지난 지금, 저는 독도 기점 사용이 불가피하다고 생각합니다. 울릉도 기점은 일본의 합리적인 반응을 기대하고 채택한 정책이었습니다. 그러나 일본은 그 후 불합리한 주장과 행동을 계속해서 하고 있습니다. 일본의 불합리한 행동에 대응하기 위해 우리 정부가 맞불 작전으로 태평양에 있는 일본의 무인 암석인 오키노토리시마 부근 해역에서 해양과학조사를 실시했으면 합니다."

그러나 정 대사의 지지 발언은 미풍에 그쳤다. 오히려 맞대응 차원에서 오키노토리시마 인근 해역에서 해양조사를 실시하자는 그의 제안은 생뚱맞다고 하여 핀잔만 듣고 묻혔다.

회의장을 나서는 박 국장의 발걸음은 천근만근이었다. 회의를 통해 상급자들의 반대 의지는 더욱 분명하게 드러났다. 또한 공격의 프레임이 바뀌었다. "일본은 애초에 독도-울릉도 중간선을 기본입장으로 삼지도 않았는데, 왜 괜히 독도 기점으로 바꿔 한일 관계를 파탄 내려 하느냐?" 이것이 바뀐 공격 포인트였다. 이제는 박 국장이 일본의 기본입장이 무엇인지 입증해야 할 책임까지 떠안게 됐다. 가슴이 서늘해졌다. 사실관계가 명확한데도 마치 자신이 죄인의 자리에 서 있는 듯 몰려야 하는가. 국익의 관점에서 평가해야 할 문제인데 오히려 박 국장 개인의 무리한 집착처럼 몰리고 있었다.

무엇보다 박 국장을 무너뜨린 것은 따로 있었다. 그것은 누구보다도 존경해 왔던 선배의 태도였다. 박 국장은 구 대사를 든든한 버팀목이자 본받아야 할 선배로 생각하고 있었다. 그런 선배가 결정적인 순간에 사실이 아닌 말로 자신을 난처하게 만들다니. 배신감은 차라리 날이 선 공격보다 더 깊은 상처를 남겼다. 박 국장의 어깨는 한층 무거워졌다. 싸움은 외부가 아니라 내부에서 더 치열하게 벌어지고 있었다. 이제는 외로움 속에서 홀로 길을 헤쳐 나가야 한다는 사실만이 분명하게 다가오고 있었다.

타 부처와 마찬가지로 외교부 조직도 철저한 상명하복의 질서 속에 움직인다. 대통령의 지시는 단순한 행정명령이 아니었다. 그것은 권위 자체였다. 논쟁을 종결짓는 최종언어였다. 누구도 공개적으로 반대하거나 이견을 말하지 못했다. 그런데 기묘한 것은 반대의 화살이 사라지지 않고 오히려 박 국장을 향해 집중되었다는 사실이었다. 상급자들은 청와대 지시 앞에서는 침묵했고 돌아서서는 박 국장을 몰아세웠다. 비난의 화살을 끊임없이 쏘아 대면서도 청와대의 지시에 대해서는 순종했다. 그것은 공무원 사회의 오래된 보신주의였다.

박 국장은 절대 고독을 맛보았다. 그 속에서 존경하던 선배는 더 이상 의지할 수 없었고 동료들의 시선은 차갑기만 했다. 그러나 깊은 소외감의 심연에서도 그를 지탱해 준 한 줄기 힘이 있었다. 바로 대통령의 지시였다. 지시가 없었다면 독도 기점으로의 변경은 애초에 불가능했을 것이다. 그것은 국가 최고 지도자의 명령을 국익이라는 그릇에 담는 과정이었다. 그 과정에서 그는 깨달았다. 고독은 결코 약함의 징표가 아니라는 것을. 오히려 고독을 견디는 자만이 역사의 명령 앞에 흔들리지 않고 서 있을 수 있다는 것을.

6월 1일 목요일. 드디어 청와대 보고가 이루어졌다. 제1차관이 보고했고 차관보와 박 국장이 배석했다. 청와대는 조약국 보고서에 만족했다. 독도 기점으로 변경할 경우, 서해 및 동중국해에서 일본, 중국과의 EEZ 경계획정 시 우리가 불리해질 수 있다는 우려에 대해서도 박 국장은 논리적으로 방어했다.

다음 날인 6월 2일 금요일 오전 7시 반, 청와대에서 개최된 안보 정책 조정 회의에서 독도 기점으로의 정책 변경에 대해 정부 내 최종 의사결정이 이루어졌다. 그리고 닷새 후인 6월 7일 수요일 오전 11시. 유기상 외교부 장관이 내외신 기자들 앞에 섰다. 플래시 세례 속에 장관이 천천히 입을 열었다.

"그간 한국이 국제법상 명분과 실리 측면에서 타협을 위한 방안으로 울릉도-오키 중간선을 협상안으로 일본 측에 제시했다. 그러나 일본 측이 독도를 자국의 EEZ 기점으로 제시하는 행동을 계속함에 따라 우리도 부득이 독도를 기점으로 주장하지 않을 수 없게 되었다."

장관의 발언은 전파를 타고 전국으로 퍼져 나갔다. 10년의 침묵이 깨지는 순간이었다. 울릉도 뒤에 가려져 있던 독도가 비로소 대한민국의 당당한 기점으로 우뚝 서는 순간이었다. 카메라 앵글 밖에 서 있던 박 국장은 조용히 안경을 고쳐 썼다. 혹독했던 그의 전쟁이 마침내 승리로 끝났다.

제5차 한·일 간 EEZ 경계획정 교섭 회담 일자가 다가오고 있었다 얼마 전 한일 외교장관이 회담을 통해 도쿄에서 6월 12일부터 13일까지 회담을 개최키로 합의했던 것. 회담 날짜와 장소는 별다른 이견 없이 정해졌으나 의제를 사전에 확정할 수가 없었다. 외교 관례상 유례없는 일이었다. 그만큼 양국 관계가 악화해 있었다. 한 걸음 내딛는 순간 곧장 충돌로 이어질 듯, 마치 살얼음판을 걷는 분위기였다. 독도를 둘러싼 인식차가 워낙 뿌리 깊었기에 어디서부터 논의를 시작해야 하는가 조차 의견이 엇갈렸다.

긴장의 한가운데 서 있는 박 국장은 협상의 엄중함을 느끼고 있었다. 예상치 못한 상황에 대비하기 위해 밤이 늦도록 직원들과 회담자료를 다듬었다. 실제 협상에 대비하여 모의회의도 개최했다.

6월 11일 일요일 오후 2시 김포공항 출국장. 회담에 참여할 우리 측 대표가 모였다. 대표단은 박 국장을 수석대표로 조약국과 아태국의 실무직원, 해양수산부의 실무직원과 두 명의 학자 등 10여 명으로 구성되었다. 넓은 출국장은 사람들로 북적였지만, 박 국장의 눈에는 모든 풍경이 희미하게만 비쳤다. 회담 목표를 성공리에 달성해야 한다는 책임감이 어깨를 짓눌렀다. 수많은 협상을 해온 그는 일본에서 개최되는 이번 회담이 얼마나 어려울지를 본능적으로 감지하고 있었다.

또한 그는 더 무서운 적이 자신을 기다리고 있음을 알고 있었다. 훨씬 치명적이고 두려운 적은 바로 내부에 있었다. 그들은 회의장에서, 보고 자리에서 심지어는 식사 자리에서도 끊임없이 반대하고 비판했다. 그들은 과거 정책의 오류를 인정하지 않았다. 심지어 일본 입장이 독도-울릉도 중간선이 아니라고 주장했다. 만일 이번 회담에서 일본이 독도를 기점으로 하는 독도-울릉도 중간선을 제시하지 않을 경우, '근거 없이 독도 기점을 주장해 한일 관계를 파국으로 몰아갔다'라고, '굳이 긁어 부스럼을 만들었다'라고 박 국장을 공격할 가능성이 커졌다.

그 생각이 스치자, 가슴이 뜨겁게 복받쳤다. 자신이 선택한 길이 맞는가, 이 싸움이 결국 누구를 위한 것인가. 수십 년간의 외교관 생활이 파노라마처럼 스쳐 지나갔고 눈가가 붉어지며 결국 눈물이 차올랐다. 고개를 숙여 눈물을 감추려고 했으나 곁에 있던 직원들이 이미 알아차렸다.

"국장님, 여기까지 오는 데 오래 걸렸습니다. 수고가 많으셨어요."

"국장님, 염려 마십시오. 끝까지 함께 하겠습니다."

박 국장은 곁에 있던 유 서기관에게 진지한 표정으로 말했다.

"유 서기관, 아무래도 이번 회담 끝나고 귀국하면 잘릴 것 같아. 보직에서 해임되든지 아니면 다른 불이익을 받든지. 상급자들의 반대를 무릅쓰고 여기까지 왔잖아. 관료 사회에서 상급자들의 뜻에 반하는 행동을 하면 어떻다는 것은 유 서기관이 더 잘 알잖아."

위로하는 말들이 이어졌지만, 박 국장은 계속했다.

"그래도 흔들림 없이 임무를 수행할 거야. 이 길이 외교관으로서 정도(正道)라고 확신하기 때문이야. 그리고 모든 책임은 다 내가 질 거야. 그래서 부탁이 있는데…"

긴장하는 모습의 유 서기관에게 박 국장이 말했다.

"지금까지의 전 과정을 모두 기록해 줘. 나도 개인적으로 기록하고 있지만 유 서기관이 기록하면 더 객관적일 것 같아서…"

유 서기관은 즉석에서 동의했다. 박 국장은 그 순간 알았다. 자신은 혼자가 아니라는 것을. 관료 사회의 냉혹함 속에서도 대의를 위해 함께 버텨주는 작은 손길들이 있다는 것을.

6월 12일 오전 10시. 도쿄 가스미가세키, 일본 외무성 청사. 제5차 한일 배타적경제수역 경계획정 회담이 6년 만에 재개되었다. 회담장 입구는 이미 전쟁터였다. 최근 양국 간 악화한 분위기를 그대로 반영하듯, 회담장 입구에는 일찍부터 몰려든 취재진으로 가득했다. 수십 대의 카메라가 쉴 새 없이 플래시를 터뜨렸고 한국과 일본 기자들의 질문 공세가 쏟아졌다.

박 국장과 일본의 사토 아키라(佐藤聡) 국제법 국장은 취재진의 요청에 따라 마지못해 손을 내밀었다. 플래시 세례 속에서 손은 맞닿았지만, 표정은 굳어있었다. 맞잡은 손은 차가웠고, 눈빛은 서늘했다. 인사 교환도 없었다. 침묵 자체가 냉랭한 양국 관계의 현실을 적나라하게 보여주고 있었다.

사토 국장이 무겁게 입을 열었다.

"이번 회담에서 의미 있는 진전을 위해 노력할 테니 한국 측도 같은 노력을 해 주기를 바랍니다."

박 국장이 맞받았다.

"이곳도 독일 월드컵 열기로 뜨겁습니다. 내일 한국 대표팀은 토고와 경기를 할 예정인데 한국민은 승리를 열망하고 있습니다. 일본도 좋은 성과 있기를 바랍니다."

취재진이 물러가자, 본격적인 회담이 시작되었다. 일본 측 사토 수석대표는 과거 협상장에서 여러 차례 마주한 적이 있었다. 그는 치밀하고 끈질긴 협상가였다. 철저하게 준비하고, 한번 물면 절대 놓지 않는 '협상의 독사'였다. 일본 외무성에서 조약국장을 거친다는 것은 곧 '엘리트 중의 엘리트'라는 증표였다. 많은 우수한 인재들이 조약국장을 거쳐 사무차관에 올랐다. 일본이 개항 이후 서구 열강과 맺은 불평등 조약의 개정에 외교 역량을 집중해 온 전통이 배경이었다.

사토는 능구렁이처럼 움직였다. 그는 한국의 회담 전략을 훤히 꿰뚫고 있는 것 같았다. 그는 독도문제를 정면으로 다루는 대신, 지루한 법률적 쟁점과 끊임없는 질문으로 '시간

끌기 작전(filibuster)'을 행하고 있었다. 박 국장의 입을 막고, 한
국이 준비한 폭탄선언을 원천 봉쇄하려는 속셈이었다.

어느덧 12시가 가까워지고 있었다. 박 국장의 속이 타들어
갔다. 독도 기점을 한국 정부의 공식 정책으로 선포하는 방
법은 우선 일본이 자국의 EEZ 경계선이 독도-울릉도 중간선
임을 주장하게 하는 것이었다. 그 주장을 받아 그에 대한 대
응으로 한국 정부가 독도 기점으로 정책을 바꾸는 것이 불가
피하다는 점을 설명하고 독도 기점을 선포하는 것이었다. 그
것이 대통령의 훈령에도 일치하는 논리였다.

'상대방은 우리의 논리와 전략을 꿰뚫고 있다. 도저히 미
끼를 물지 않는다. 어떻게 할까? 이대로 말려들면 끝장이다.'

박 국장은 잠시 눈을 감았다가 떴다. 마음을 다잡았다. 정
공법(正攻法). 상대가 피해 가면 정면으로 들이받을 수밖에 없
다.

'일본은 지난 수십 년간 해양영토의 확보를 위해 사람이
살 수 없는 작은 암석조차 섬으로 우기며 기점으로 주장했
다. 그들이 자신의 원칙을 뒤집을 수 없다는 사실을 역으로

이용해야 한다.'

박 국장은 천천히 손가락을 깍지 끼며 앞으로 몸을 기울였다. 사토의 눈을 똑바로 응시했다. 그리고 또렷한 목소리로 물었다.

"사토 국장, 단도직입적으로 묻겠습니다. 동해에서 일본이 주장하는 EEZ 경계선은 어디인가요?"

순간 회의장이 얼어붙었다. 사토의 참모들이 당황하여 웅성거렸다. 한국이 독도 기점 선포를 위해 깔아놓은 멍석인 것을 그들은 직감했다. 그러나 사토 국장은 피할 수 없었다. 그로서는 일본의 해양 정책도, 독도에 대한 영유권 주장도 부인할 수는 없었기 때문이었다. 사토 국장이 긴장된 목소리로 답변했다.

"우리 정부는⋯ 다케시마와 울릉도 간 중간선이 EEZ 경계선이 되어야 한다는 입장을 일관되게 견지해 오고 있습니다."

걸려들었다. 이 모멘텀을 놓칠 박 국장이 아니었다. 그는 자리에서 몸을 반듯이 세우며 선언하듯 말했다.

"좋습니다. 한국 정부는 과거에 독도 기점 사용 가능성을 배제하지 않으면서도 일본과의 타협을 위해 울릉도-오키 중간선을 주장한 바 있습니다. 그러나 일본이 적반하장격으로 독도에 대한 우리의 주권을 부정하면서 독도-울릉도 중간선을 주장하니 한국 정부는 독도-오키 중간선을 주장하지 않을 수 없게 되었습니다. 이 시간 이후로 한국 정부는 동해에서 EEZ 경계선으로 독도-오키 중간선을 공식 선언합니다."

마치 시간이 멈춘 듯한 정적이 흘렀다. 통역이 단어 하나하나를 또렷하게 옮겨 담자, 울림은 두 배로 증폭되어 양쪽 대표단의 귓속을 파고들었다. 사토 수석대표는 굳은 표정으로 펜을 들고 있던 손을 멈췄다. 옆에 앉은 참모는 서류를 넘기다 말고 얼어붙은 듯 멈춰 섰으며 뒤쪽에 앉은 수행원의 얼굴은 흙빛이 되었다.

그것은 단순한 선언이 아니었다. 지난 10년 동안 숨죽여 왔던 독도가 비로소 한국의 EEZ 기점으로 부활하는 역사적인 순간이었다.

정적 속에서 박 국장은 천천히 숨을 내쉬었다. 갖은 어려움을 이겨내고 역사적 책무를 다했다는 벅찬 감정이 가슴을 채웠다.

한국 대표단의 독도 기점 선포를 계기로 공수(攻守)가 바뀌었다. 오후에 속개된 회의에서 일본 측은 사전 통보 제도를 제의했다. 양측의 EEZ가 겹치는 중첩 수역에서 해양과학조사를 할 때 양측이 사전에 이를 통보하는 제도를 수립하자는 제의였다. 박 국장은 논의 자체에 응하지 않았다. 동해에서 일본 측의 방사능 조사 계획에 대해서도 논의를 효과적으로 봉쇄했다. 두 가지 모두 독도 영유권에 부정적 영향이 예상되어 논의 자체를 배제하기로 내부 방침을 정했기 때문이었다.

인생의 참된 즐거움은 역경과 고난을 거친 뒤에야 비로소 느낄 수 있다고 했던가. 귀국길 비행기 안. 박 국장은 창밖으로 펼쳐진 구름바다를 내려다보았다. 황금빛 석양이 날개 위에 내려앉고 있었다. 오랜만에 홀가분함을 느꼈다. 그동안 가슴을 짓누르던 긴장과 압박이 이제야 비로소 사라지는 듯했다. 그는 자신도 모르게 미소를 지었다.

'역사적 책무를 다했다. 이제 부끄러움은 없다.'

임무를 완수했다는 안도감과 자긍심이 겹쳐 가슴이 벅차올랐다. 오랜만에, 정말 오랜만에 진정한 보람이 어떤 것인지를 온몸으로 느끼는 순간이었다.

김포공항에 도착한 그는 바로 사무실로 향했다. 장·차관에게 직접 회담 결과를 보고하기 위해서였다. 먼저 사무실에 들렀다. 방에 들어섰을 때 박 국장을 맞이한 것은 예상치 못한 광경이었다.

"국장님! 해내셨습니다!"

직원들이 일제히 박수를 치며 환호성을 올렸다.

"정말 수고가 많았습니다!"
"국민도 잘했다고 평가해 주고 있습니다!"

그들의 얼굴에는 오랜만에 보는 환한 웃음과 안도감이 뒤섞여 있었다. 박 국장의 코끝이 찡해졌다. 박 국장은 순간 발걸음을 멈추었다. 그리고 고개를 저으며 말했다.

"여러분, 이건 제 공로가 아니에요. 제가 할 수 있었던 것은 여러분 덕분이었어요. 정말 수고가 많았어요."

목소리는 조금 떨렸지만, 진심이 어려있었다. 그는 직원들을 둘러보았다. 허구한 날 야근에 시달리면서도 불평 한마디

없었던 이들. 상대방의 치밀한 논리를 압도하기 위해 끝없이 검토를 함께해 준 이들. 이들의 수고와 헌신이 없었다면 이번 성과는 결코 가능하지 않았을 것이다. 박 국장의 가슴 깊은 곳에서 뜨거운 고마움이 치밀어 올랐다. 이 순간 이들은 단순한 동료가 아니었다. 같은 전장을 누빈 동지였다. 그는 조용히 고개를 숙였다.

"정말, 여러분 덕분입니다. 수고가 많았습니다."

장·차관과 다른 상급자들도 이구동성으로 격려해 주었다. 그들은 도쿄에서 보낸 전보로 회담 결과를 이미 파악하고 있었다. 또한 절대다수의 국민이 독도 기점으로의 정책 변화를 지지한다는 여론조사 결과에 고무된 듯 보였다. 무엇보다도 정책 전환 과정에서 누구 하나 책임을 지는 일 없이 매끄럽게 일을 매듭지었다는 사실이 그들을 안도케 하는 것 같았다. 박 국장은 그들의 격려 속에서 무거운 임무를 끝내 해냈다는 후련함을 다시금 느꼈다.

그날 저녁, 박 국장은 오랜만에 '칼퇴근'을 했다. 늘 늦게까지 불이 꺼지지 않던 사무실에서 일찍 벗어나 집으로 돌아오는 길. 마음이 한결 가벼웠다. 현관문을 열자마자 기다리고 있던 아내가 다가와 미소를 지었다. 그녀는 그의 웃옷을 받아 걸며 따스한 눈빛으로 그를 바라보았다. 그리고 짧지만 다정하게 속삭였다.

"수고 많았어요."

그 한마디에 박 국장은 마음속 깊은 곳에서 뭉클한 무언가가 올라오는 것을 느꼈다. 그동안 쌓였던 긴장이 순간 녹아내렸다. 많은 분의 격려와 지지가 있었지만 가장 큰 힘이 된 것은 묵묵히 곁을 지킨 아내였다.

간단히 저녁을 함께한 뒤, 그는 곧장 침대에 몸을 눕혔다. 깊은 평온이 찾아왔다. 그는 이내 잠에 빠져들었다. 독도의 파도 소리가 자장가처럼 살포시 그를 감싸 안았다.

제23장

동료의 죽음

깊은 잠에 빠진 박 국장은 꿈속에서도 여전히 독도문제와 씨름하고 있었다. 회의장은 다시 눈앞에 펼쳐졌고, 일본 측 수석대표의 집요한 질문이 이어지고 있었다. 그는 땀에 젖은 채 서류를 뒤적이며 열띤 논쟁을 이어갔다. 말과 말이 부딪히며 허공에서 불꽃을 튀겼다.

긴장된 풍경 속에서 갑자기 날카로운 소리가 울렸다. 꿈속의 웅성거림을 뚫고 전화벨 소리가 점점 커졌다. 순간, 그의 눈이 번쩍 떠졌다. 몸은 땀으로 흥건히 젖어 있었다.

어둠 속에서 더듬거려 수화기를 들었다. 잠에서 완전히 깨어나지 못한 채 "여보세요"라고 중얼거리는 순간, 수화기 너머에서 다급하게 떨리는 목소리가 들려왔다. 김 과장이었다. 짧고 빠른 숨소리 끝에, 그는 충격적인 소식을 전했다.

"국장님, 국제법규과의 박홍근 서기관이 오늘 새벽 세상을… 떠났답니다. 새벽에 집에서 심근경색으로 쓰러져 서울대 병원으로 급히 옮겼지만, 끝내 깨어나지 못했답니다…"

김 과장은 한동안 말을 잇지 못했다. 그러다가 깊은숨을 내쉰 뒤 겨우 입을 열었다.

"박 서기관은… 이번 도쿄 회담에는 못 갔잖아요. 대신 본부에 남아 회담 결과 정리하고 청와대와 장·차관에게 보고하느라 밤늦게까지… 과로가 겹친 것 같습니다 ···."

목이 메어 그는 더 이상 목소리를 가누지 못했다.

박 국장은 한동안 아무 말도 할 수 없었다. 머릿속이 하얘지고 가슴은 얼어붙은 듯 뻐근하게 조여왔다. 박 국장은 허겁지겁 옷을 챙겨입고 집을 나섰다.

새벽의 공기는 싸늘했다. 그러나 택시 문을 닫는 순간부터 그의 손은 땀으로 젖기 시작했다. 차창 밖으로 스쳐 지나가는 가로등 불빛은 잿빛 기억을 자극하듯 그의 가슴을 파고들었다. 그는 자신도 모르게 눈을 감았다. 그러자 주마등처럼 박 서기관과 함께했던 수많은 장면이 떠올랐다.

10년 전 박 서기관이 외교부에 갓 들어왔을 때, 그는 박 국장이 과장으로 있던 조약과로 배치된 풋내기 사무관이었다. 서울대 외교학과를 나온 수재였지만, 거만함이라고는 찾아볼 수 없는 성실한 청년이었다. 모르는 게 있으면 수첩을 들고 달려와 묻곤 했고, 늘 웃는 얼굴로 선배들의 궂은일을 도맡았다. 무척이나 다정다감하여 선배들과 비서들이 좋아했다.

6개월 뒤, 박 과장이 옆 과인 국제법규 과장으로 자리를 옮겼을 때 박홍근 사무관이 찾아왔다. 그는 진지한 목소리로 부탁했다.

"과장님, 저도 법규과로 데려가 주십시오."
"왜? 여긴 힘들 텐데, 야근이 많아서."

그때 청년의 눈빛은 비장했다.

"과장님, 일본의 가와카미 겐조(川上健三) 아시죠? 일본 주장의 이론적 토대를 만든 외교관이자 학자 말입니다. 일본엔 그런 사람이 있는데, 왜 우리는 없습니까? 제가 한국의 가와카미가 되겠습니다. 독도 연구에 평생을 바쳐 일본의 논리를 깨부수겠습니다."

가와카미 겐조(川上健三). 평생을 독도 연구에 바친 일본 외교관. 그가 독도에 관한 기록과 사료를 검토한 끝에 펴낸 『다케시마의 역사지리학적 연구』는 일본에서 바이블과도 같은 권위를 인정받고 있었다. 일본 우익세력이 독도 영유권 주장을 할 때 근거자료로 내세우는 대표적인 책이 바로 이것. 박 사무관은 자신이 가와카미와 같은 전문가가 되어 일본의 주장을 객관적 자료와 논리로 무력화하겠다고 했다. 박 과장은 박 사무관의 말에 감동해 그를 받아 주었다.

그 후 일 년여가 지나 박 과장은 유엔으로 해외 근무를 나갔다. 박 사무관은 영국 에든버러로 연수를 갔다. 그곳에서 국제법으로 석사학위를 받았다. 그 후에도 박 국장과 박 서기관은 같은 국제법 학도로서 인연을 이어 나갔다. 박 국장이 국제법을 주제로 하는 논문이나 책을 발표하면 반드시 사본을 박 서기관에게 보냈다. 또한 결혼에도 일조했다. 북미

국장 비서로 일하고 있던 신미영 씨를 박 서기관에게 소개한 것이다. 둘의 사랑은 점차 무르익어서 결혼에 성공했다. 3년 전에는 둘 사이에 귀여운 사내아이가 태어났다.

"국장님 덕분에 장가도 가고 아들도 얻었습니다."
아들 수호의 돌잔치에서 해맑게 웃던 얼굴이 눈앞에 선했다.

기억을 좇는 동안 택시는 어느새 병원 앞에 멈춰 섰다. 병원 복도로 들어서는 그의 발걸음은 천근만근이었다. 영안실 앞에는 이미 몇몇 동료들이 나와 있었다. 모두 말없이 고개를 숙인 채 서로의 눈빛만 주고받았다. 눈가가 붉게 충혈된 이들도 있었고 담담한 표정으로 애써 감정을 숨기는 이들도 있었다. 박 국장은 조심스레 영안실 안으로 들어갔다. 국화를 들고 천천히 빈소 앞으로 걸어갔다. 헌화를 하며 고개를 깊이 숙였다. 목이 메어 아무 말도 할 수 없었지만, 가슴 속에서는 수많은 말들이 쏟아져 나왔다.

'이 사람아… 왜 이렇게 급하게 갔나. 나한테 책임지라며. 내가 다 책임지겠다고 했잖아. 왜 자네가 목숨으로 책임을 지나…'

박 국장의 눈에 눈물이 맺혔다.

헌화를 마친 그는 옆에 서 있던 부인을 향했다. 그녀는 눈이 붉게 충혈되어 있었고 온몸으로 슬픔을 표현하듯 떨고 있었다. 박 국장은 조심스레 손을 내밀어 그녀의 어깨를 감싸며 위로의 말을 건넸다. 그 순간 부인은 그를 붙들고 참았던 울음을 터뜨렸다. 그리고 떨리는 목소리로 말했다.

"국장님…, 저희 이제 어떡해요? 홍근 씨 없이 우리 수호랑 저… 어떻게 살아요?"

그녀의 통곡소리가 영안실을 가득 메웠다. 그 옆에서 세 살배기 수호는 천진난만하게 웃으며 방안을 뛰어다녔다. 어리광을 부리며 장난을 치는 어린 아들의 모습과 온몸으로 상실의 아픔을 드러내는 부인의 모습이 극명하게 대비되었다. 갑자기 박 국장의 가슴이 죄책감으로 가득 찼다. 그는 늘 밤늦게까지 자료를 뒤적이며 보고서를 작성했다. 주말에도 불평 없이 출근해서 협상안을 점검했다.

'그의 성실, 집념과 묵묵한 헌신이 독도 기점 선포를 가능케 했다.'

여기까지 생각이 이르자 박 국장의 눈가가 다시 젖었다. 그는 속으로 중얼거렸다.

'남은 가족을 위해 무언가를 해야만 한다.'

그는 미망인의 손을 잡고 속으로 맹세했다.

'홍근이, 자네가 못다 한 일, 그리고 남겨진 자네 가족…
우리가 반드시 지키겠네. 부디 그곳에서는 야근도, 보고서
도, 독도 걱정도 없이 편히 쉬게나.'

뜨거운 눈물이 뺨을 타고 흘러내렸다. 그것은 산 자가 죽
은 자에게 건네는 무거운 약속이었다.

장례식은 끝났지만, 남은 자들의 책임은 끝나지 않았다.
박 국장은 슬픔을 가눌 새도 없이 총무국장실 문을 두드렸
다. 박 서기관의 죽음을 '순직'으로 인정받게 하는 것. 그것
이 그가 동료를 위해 할 수 있는 마지막 예우였다.

심사는 공무원연금공단에서 하지만 직원의 재해보상을 위
해 일하는 임무는 총무국에 속해 있었다. 총무국장은 주사에
서 시작해서 국장 자리까지 오른 입지전적 인물이었다. 그의
표정에는 오랜 경험에서 비롯된 냉철함과 신중함이 스며 있
었다. 박 국장의 부탁이 끝나기도 전에 총무국장이 대꾸했
다.

"국장님… 안타까운 건 알겠는데… 사망과 과로 사이의 인과 관계를 입증하는 것은 현실적으로 매우 어려워요. 실제 과로사 인정 비율이 30%도 안 돼요. 솔직히 어렵습니다."

이미 결론을 내린 듯한 건조한 말투. 박 국장은 입술을 깨물었다. 동료의 죽음조차 '확률'과 '규정'으로 재단되는 관료 사회의 비정함이 뼈저리게 느껴졌다.
'그래, 기대한 내가 바보지. 내가 직접 한다.'

며칠간 박 국장은 이 업무에 매달렸다. 공무원 재해 보상법을 공부하고 순직 신청에 필요한 절차와 순직 결정 시 유족에게 부여되는 혜택도 조사했다. 순직 여부는 공무원연금공단 산하에 있는 공무원 재해보상 심의회에서 결정했다.

'하늘이 도우셨을까?'

박 국장이 문득 이름 석자를 발견했다. 공무원연금공단 이사장 윤영호. 그는 오랜 기간 윤 이사장과 인연을 맺어왔다. 고향 선배인 그는 서울 법대를 졸업하고 총무처에서 일했다. 1979년 박 국장이 외무고시에 합격하고 총무처에서 임명장을 받을 때부터 격려해 주던 분이었다. 후배 공무원인 박 국장에게 공무원으로서 가져야 할 자세와 청렴성에 대해 늘 강조했다. 오랫동안의 만남을 통해 두 사람은 신뢰하는 사이가 되었다. 그분이 총무처 차관을 끝으로 공직 생활을 마무리하고 이사장으로 와 계시는 것이다. 희망의 불씨가 보였다.

며칠 후 역삼동 공단 이사장실. 문 앞에서 잠시 망설이다가 비서에게 용무를 알렸다. 비서로부터 연락을 받은 이사장은 반갑게 맞아주었다. 사무실 안에는 노(老)신사가 한 분 앉아 계셨다. 이사장은 노신사에게 박 국장을 소개했다. 박 국장은 그분이 전직 경제기획원 장관임을 단숨에 알아차렸다. 그는 윤 이사장과는 대학교 동기 동창이라고 자신을 소개했다. 소개가 끝난 후 이사장이 미소를 지으며 말했다.

"TV로 봤네. 정말 수고했네."

이사장은 독도 기점 선포 소식을 뉴스로 접해 이미 알고 있었다. 조용히 앉아 있던 노신사가 덧붙였다.

"독도 기점 선포라니, 마음이 다 시원해져요. 정말 잘했습니다. 강 대통령의 업적 중에 최고예요."

박 국장은 이사장의 말 속에서 일말의 희망을 보았다. 그는 조심스럽게 용건을 꺼냈다.

"이사장님, 고(故) 박홍근 서기관의 순직 처리를 부탁드립니다."

그의 목소리는 격정을 억누른 듯 떨렸다.

"그는 독도 기점 검토를 위해 지난 수개월 동안 철야했습니다. 일본 측 인원의 1/3밖에 안 되는 저희가 정책 변화를 위한 자료와 일본을 압도하는 논리를 준비하느라 매일 야근을 밥 먹듯 했습니다. 박 서기관은 결국 과로로 쓰러진 겁니다. 나랏일을 위해 몸 바쳐 일하다가 쓰러졌으니, 순직으로 예우해야 마땅하다고 생각합니다."

그의 목소리는 절박했다.

돌연한 박 국장의 부탁에 이사장은 난처한 표정을 지으며 손가락으로 서류철을 두드렸다.

"박 국장… 심정은 이해하네… 하지만 순직 요건이 그렇게 간단한 게 아니라네. 규정에 따르면 과로와 사망 사이에

상당한 인과 관계가 있어야 하는데 단순 과로라면 규정을 적용하기가 쉽지 않네.”

박 국장은 잠시 침묵하다가 이사장의 눈을 똑바로 바라보았다.

“이사장님, 물론 규정이 중요합니다. 하지만 규정이란 것도 공무원을 위해 존재하는 거라고 생각합니다.”

그는 목소리를 낮추어 거의 간청하듯 말을 이었다.

“박 서기관은 단순 과로로 쓰러진 게 아닙니다. 독도 기점 검토는 해양주권이 걸린 국가적 과제였습니다. 저와 제 직원들은 무슨 일이 있어도 짊어진 책임을 완수해야 했습니다. 그 독도 지키려다 쓰러졌습니다. 결국 박 서기관은 제가 죽인 겁니다. 이는 단순한 과로사가 아니라 국가적 책무를 다하다 생을 마감한 숭고한 희생입니다.”

방 안에 잠시 무거운 정적이 흘렀다. 이사장의 표정이 난처한 듯이 일그러졌다. 그동안 조용하게 이야기를 듣고 있던 노신사가 정적을 깼다.

“듣고 있자니 참 딱하구먼. 윤 이사장, 너무하네. 우리 사무관 때 얼마나 열심히 일했나. 나라를 위해 일한다는 일념으로 거의 매일 야근하지 않았나. 도중에 쓰러져 죽은 동료도 있었지. 박 서기관도 그런 경우 같아. 만약 그가 순직으로 예우받지 못한다면 공무원들이 어떤 마음으로 나랏일을 하겠나? 밤새워 일하다 쓰러져도 아무도 기억해 주지 않는다고 생각한다면, 누가 앞장서겠나?”

예기치 않은 노신사의 일갈에 이사장의 표정이 미묘하게 변했다. 눈가에 잠시 그늘이 스치고 입술 끝이 흔들리듯 내려앉았다. 그는 창밖을 오랫동안 바라보다가 갑자기 몸을 돌렸다. 그리고 책상 위 인터폰 버튼을 눌렀다. 잠시 후, 수화기 너머로 들려온 목소리가 방안에 울렸다.

“송명호입니다.”
“송 부장, 나야.”
“예, 이사장님.”

송 부장은 재해보상 심의위를 맡고 있는 실무자인 것 같았다. 이사장은 낮고 단호한 목소리로 말했다.

"내일 공무원 재해보상 심의회 안건 중, 박홍근 서기관 건은… 일주일 뒤로 미루도록 하게. 재검토가 필요할 것 같아."

수화기 건너편에서 약간 놀란 기색이 묻어났지만, 곧 "알겠습니다"라는 짧은 대답이 돌아왔다. 통화를 마친 이사장은 천천히 수화기를 내려놓았다. 그러고는 박 국장을 향해 시선을 옮겼다. 그는 손끝으로 안경을 고쳐 쓰며 조심스럽게 입을 열었다.

"박 국장, 순직 여부는 내가 단독으로 결정할 수 있는 사안이 아니네. 의사와 전문가가 포함된 심의회에서 표결로 결정된다네. 내일 회의에 그대로 안건을 올리면… 솔직히 부결될 게 확실해."

그는 잠시 말을 멈추고 박 국장을 똑바로 바라보았다.

"그래서 일주일 연기했네. 그 사이에 박 서기관의 과로와 사망 사이의 인과 관계를 입증할 수 있는 자료를 꼭 준비하게. 의학적 소견서든 업무 일지든 뭐든 확실한 근거가 필요하네."

박 국장은 숨을 고르며 깊이 고개를 숙였다.

"이사장님… 배려에 진심으로 감사드립니다."

그는 자리에서 일어나 노신사께도 정중히 고개를 숙였다.

"장관님, 도와주셔서 고맙습니다. 고인의 명예를 위해서라도 제가 최선을 다하겠습니다."

이사장실을 나온 박 국장은 곧장 자신의 사무실로 향했다. 복도를 걸으며 그는 마음속으로 해야 할 일들을 정리하고 있었다.

'시간이 없다. 일주일 안에 모든 걸 확보해야 한다.'

자리에 앉자마자 비서에게 부탁했다.

"박 서기관의 지난 1년간 초과근무 시간을 전부 계산해 주세요. 근무 기록부, 야근 신청서, 모두 빠짐없이 확인해야 해요."

그리고 곧바로 동료 직원들을 찾아가 부탁했다.

"그가 어떻게 일했는지, 직접 본 사실을 진술서 형식으로 적어주세요. 철야를 하며 자료를 작성하던 모습, 반박 논리를 준비하면서 받았던 스트레스 등…. 무엇이든 좋아요."

박 국장은 또 부인에게 연락을 취했다. 고인의 건강검진 자료를 확보하기 위해서였다. 평소에 지병 없이 건강하던 상태였다는 것을 증명할 의학적 근거가 필요했다. 박 국장은 밤을 새우며 서류를 정리하고, 의학적 소견과 업무 과중을 연결하는 논리를 차근차근 다듬었다. 주위에 있는 의사의 자문까지 받았다. 그것은 죽은 자를 위한 변론이자 산 자의 처절한 속죄였다.

마침내 심의회 개최 하루 전. 박 국장은 두툼한 서류철을 공단의 송 부장에게 제출했다. 서류의 무게만큼이나 그의 어깨도 무거웠다.

'부디, 잘 돼야 할 텐데…'

무심한 표정을 지으려 애썼지만, 속으로는 파도처럼 밀려드는 불안과 기대가 교차하고 있었다.

다음 날 오전 11시 반, 전화벨이 울렸다. 공단의 송 부장이었다. 그는 떨리는 손으로 전화를 받았다.

"국장님… 가결됐습니다. 방금 재해보상 심의회에서.. 박홍근 서기관 건이 순직으로 의결됐습니다. 이사장님이 즉시 알려주라고 하셔서 연락드립니다."

순간, 박 국장의 몸에서 힘이 빠져나갔다. 의자 등받이에 깊숙이 기대며 눈을 감았다. 안도의 한숨이 터져 나왔고, 곧바로 가슴이 뜨겁게 차올랐다. '다행이다… 정말 다행이다… 이제야 조금은 얼굴을 들 수 있겠구나.'

자리에서 일어난 그는 곧장 반차 신청서를 작성했다.

"업무는 심의관에게 부탁하겠습니다."

비서에게 짧게 말한 뒤 양복을 챙겨 사무실을 나섰다. 차에 몸을 싣고 창밖을 바라보는 동안, 지난 며칠간 눌러두었던 긴장과 고통이 파도처럼 한꺼번에 몰려왔다. 차창 너머로 스쳐 가는 5월의 하늘은 유난히 맑았다. 안성에 있는 천주교 공원묘지에 도착한 박 국장은 묘소 앞에서 잠시 숨을 고르며 주위를 둘러보았다. 흙이 덮인 묘소 위에는 풀이 제대로 자라지 않아, 갈색의 땅이 그대로 드러나 있었다. 햇살을 받아 반짝이는 흙덩이는 마치 박 서기관의 애환을 고스란히 기억하는 듯했다. 박 국장은 두 손을 모으고 묘소 앞에 섰다.

"홍근 씨… 오늘 순직 처리됐어요. 당신이 흘린 땀이 헛되지 않았어요."

그의 목소리는 낮고 떨렸지만, 그 속에는 깊은 애정과 존경이 담겨 있었다.

"부인과 수호는 걱정하지 마세요. 우리가 힘자라는 데까지 도울 거예요. 김 과장이 주도하여 수호를 위한 모금을 하기로 했어요. 모인 돈은 은행에 예금해 두었다가 수호가 대학교 갈 때 쓰도록 할 거예요. 독도도… 우리가 지킬게요. 이제 편히 쉬어요."

말을 마친 그는 두 손을 모으고 잠시 고개를 숙였다. 묘지 위로 햇살이 내려앉으며 아직 자리 잡지 않은 풀이 부드럽게 빛났다. 빛 속에서 고인이 안도하며 미소를 짓는 듯한 느낌이 들었다. 그는 마지막으로 묘비를 두 손으로 쓰다듬은 후 걸음을 옮겼다. 바람에 흔들리는 나뭇잎 소리가 마치 "국장님, 고생하셨습니다"라고 속삭이는 듯했다.

다음 주 월요일 오전, 장관 주재 실·국장 회의. 차례가 되자 총무국장이 장관을 향해 의기양양하게 보고했다.

"장관님, 지난주 재해보상 심의회에서 박홍근 서기관 건이 순직으로 최종 결정되었습니다. 어려운 점이 많았지만, 우리 총무국에서 백방으로 노력한 끝에 좋은 결과를 끌어냈습니다."

말을 마친 총무국장은 의도적으로 '총무국의 노력'을 강조하며 미소를 지었다. 장관이 흡족해하며 고개를 끄덕였다. 재주는 곰이 부리고 돈은 주인이 챙긴다고 했던가. 박 국장은 공직사회의 오래된 병폐를 목격하고 쓴웃음을 지었다. 하지만 아무렴 어떠랴. 중요한 건 공치사가 아니었다. 하늘에 있는 홍근이가 명예를 되찾았고 남겨진 가족이 보호받게 되었다는 사실 뿐이었다. 그것으로 충분했다.

독도에 서다

박 국장이 도쿄에서 독도 기점을 선포하고 온 지 2주가 지났다. 독도 기점 선포 이후 학계의 반응은 예상보다 빠르게 나타났다. 하와이 대학의 반다이크 (Jon M. Van Dyke) 교수는 한 국제 세미나에서 주장했다.

"국제사법재판소가 유사한 분쟁들에 적용했던 해결 원칙에 비추어 볼 때 한국의 독도 영유권 주장이 일본보다 더 설득력이 있다. 울릉도-오키 중간선을 한일 양국의 해양 경계선으로 하는 윈-윈 방안을 검토할 필요가 있다."

그 후 미국의 해양 정책 전문가인 마크 발렌시아(Mark J.

Valencia)도 비슷한 제안을 내놨다. 그는 노틸러스 연구소 온라인 정책 포럼에 기고한 글에서 아래와 같이 제의했다.

"일본은 한국의 독도 영유권에 동의하고, 대신 남북한은 독도를 EEZ 경계선 협상의 기점으로 삼지 않기로 동의한다. 이러한 해결 방식은 독도에 국한된 것이며 한일 양국이 각각 다른 나라에 대해 갖고 있는 미해결 해양 문제의 선례를 구성하지 않는다는 단서를 달아야 한다."

박 국장은 글을 읽고 잠시 미소를 지었다. 그는 독도 기점을 선포하기 전에 예상되는 국제사회의 반응을 철저하게 계산했었다. 언론은 우리가 독도 기점을 선포할 경우, 우리의 EEZ 면적이 20,000㎢가 늘어날 것이라고 보도했다. 그러나 이는 과장된 수치였다. 실제 EEZ 경계 협상에서 독도와 같은 섬의 효과는 제한적이기 때문이었다. 실제 그의 노림수는 다른 데 있었다. EEZ 경계를 획정할 경우, 독도와 12해리 영해가 우리 경계선 내에 오도록 함으로써 독도 영유권을 완전하게 지키는 데 목표를 두었다. 한국이 최대치인 독도-오키 중간선을 주장하자 타협안으로 울릉도-오키 중간선을 양국 EEZ 경계선으로 해야 한다는 주장이 국제 학계에서 힘을 얻고 있는 것이다. 박 국장은 중얼거렸다.

"예상했던 대로군."

2006년 6월 말 어느 날 오후. 박 국장의 집무실 문이 닫히자마자, 독도지킴이연대 한상국 대표가 손에 들고 온 두툼한 서류철을 책상 위에 올려놓았다. 표정에는 결의가 가득했다. 그가 약간의 격정이 묻어있는 목소리로 말했다.

"국장님, 이번 사태를 계기로 더 이상 미봉책은 안 됩니다. 해서, 우리 단체에서는 독도에 대형 주권선언탑을 세우고 해병대를 상주시키는 방안을 검토했습니다. 이 정도는 해야 우리의 실효적 지배가 확실하게 강화되지 않겠습니까?"

박 국장은 잠시 서류를 바라보다가, 천천히 눈을 들었다. 무언가 설명을 해줘야 할 것 같았다. 한일 간 해양 위기 이후 독도에 대한 우리의 지배를 확실하게 해야 한다는 요구가 시민단체를 중심으로 봇물 터지듯 터져 나오고 있었다.

"… 대표님, 독도 사랑 마음은 잘 압니다. 하지만 그런 조치를 하게 되면 국제법적으로 우리가 더 불리해집니다."

한 대표는 바로 반문했다.

"아니, 왜요? 우리 땅에 뭘 한다는데! 그게 왜 불리합니까?"

박 국장은 의자를 조금 당기며 차분하게 설명하기 시작했다.

"독도 영유권의 핵심은 지속적이고 평화적인 실효적 지배입니다. 우리가 지나치게 상징적, 군사적 조치를 하게 되면 국제 재판소는 '영유 의사가 있으나 안정적인 지배'는 부족하다는 신호로 해석할 수 있어요. 또 과시적 조치를 하면 일본이 당장 반발할 겁니다. 그렇게 되면 독도가 대외적으로 분쟁지역으로 부각되고… 바로 일본이 노리는 점입니다."

박 국장은 책장 한 편에서 오래된 판례 모음집을 꺼냈다.

"대표님, 여기 국제 재판 사례가 많이 있습니다. 요컨대, '일상적 행정행위의 축적'이 주권 인정의 핵심이지 과시적 조치가 아닙니다. 독도에 해병대를 주둔시키자는 주장도 현명한 생각이 아닙니다. 경찰은 치안유지 기관이지만, 해병대는 군인입니다. 해병대를 보내는 순간, 독도는 '분쟁지역'이므로 군대를 보내 지켜야 한다고 광고하는 셈이 됩니다. 일본의 의도에 말려드는 꼴이지요."

한 대표의 표정이 굳어졌다.

"… 그러니까 당신들 외교관 말은, 아무것도 하지 말자는 거네요."

박 국장은 조용히 숨을 들이켰다. 지금 필요한 건, 오해를 풀어줄 단단한 설명이었다.

"아닙니다. 조용히 실력을 쌓자는 겁니다. 독도에는 지금도 경찰이 주둔하고 있고, 기상·해양 관측, 구조활동, 등대 관리… 모두가 일상적 행동으로서 우리의 실효 지배를 강화하는 중요한 근거가 됩니다."

한 대표의 목소리가 다시 높아졌다.

"그럼, 일본이 도발하면요? 우리 외교관들은 일본의 거대한 힘 앞에… 솔직히 좀 무기력해 보여요."

박 국장의 눈빛이 잠시 흔들렸지만, 이내 단단해졌다.

"… 우리가 싸우는 수단은 군대나 총칼이 아닙니다. 국제법, 국제여론, 외교 네트워크… 총성은 없지만 더 치열하게 싸웁니다."

한 대표는 오래 침묵하다가, 마침내 고개를 떨구었다.

"알겠습니다. 하지만 국장님… 제발, 독도문제만큼은… 정말 나라를 위해 제대로 싸워 주십시오."

박 국장은 가볍게 미소 지었다.

"싸우고 있습니다. 다만… 보이지 않는 방식으로요. 그리고 그 싸움은 지금, 이 순간에도 계속되고 있습니다."

대표가 문을 나가는 순간, 박 국장은 책상 위에 있는 국제법 자료를 펼쳤다. 그는 조용한 전쟁의 최전선에 있었다. 그리고 문득 깨달았다. 한 대표를 포함한 국민의 큰 관심과 사랑이 외교전에서 흔들리지 않도록 붙들어 주는 든든한 힘이라는 것을.

7월 초, 박 국장은 독도의 땅을 밟았다. 처음이었다. 그동안 두 차례나 독도 방문을 시도했었다. 울릉도까지 배를 타고 간 후 거기에서 독도를 방문하고자 했다. 그러나 그때마다 거센 파도와 짙은 안개 때문에 배가 뜨지 못해 발걸음을 돌려야 했다. 이번에는 해경청장이 헬기를 내주어 비로소 숙원이 이루어진 것이다. 직접 둘러보고 우리의 실효적 지배를 단단히 하는 방안을 강구하는 것이 방문목적이었다.

독도 방문에는 최상면 원장이 동행했다. 최 원장은 일생을 독도 연구에 매진했다. 그는 일본에서 오랜 기간 독도 자료를 발굴하고 수집했다. 자료를 근거로『독도가 우리 땅인 이유』라는 책을 발간하기도 한 독도 연구의 권위자였다. 그동안 독도 방문을 애타게 희망했지만, 거동이 불편하여 엄두를 내지 못했다. 이를 안타까워하던 박 국장이 동행하자는 제의를 한 것이다.

헬기에서 내리자마자 박 국장 일행은 곧장 독도 경비대의 숙소로 향했다. 오지에서 근무하느라 고생하는 젊은 경찰들을 위해 미리 준비해 간 과일과 라면 상자를 건네며 따뜻한 위로의 말을 건넸다.

"얼마나 수고가 많습니까. 여러분 덕택에 국민 모두가 안

심하고 삽니다."

짧은 인사였지만, 진심이 담긴 그의 말에 경찰들의 얼굴에는 순간 피곤이 걷히는 듯했다.

잠시 후 박 국장은 깎아지른 듯한 절벽 끝에 섰다. 거친 바닷바람이 옷자락을 휘감았다. 검푸른 파도가 쉴 새 없이 바위에 부딪혀 부서졌다. 그 소리는 마치 지난 100년, 이 외로운 섬이 삼켜온 울음소리 같았다.

1905년 시마네현 고시 제40호. 제국주의의 탐욕이 한반도를 덮치기 전, 독도는 가장 먼저 침탈당했다. 역사의 폭풍우 속에서 이 땅은 누구보다 먼저 피 흘리고, 가장 늦게까지 신음했다. 그것은 '독도의 눈물'이었다.

광복 후에도 눈물은 마르지 않았다. 일본은 끊임없이 도발했고, '다케시마'라는 이름으로 이 땅을 분쟁의 늪으로 끌어들였다. 그러나 독도는 묵묵히 견뎌냈다. 매일 아침 바위 틈에 맺히는 이슬처럼, 독도는 아픔을 안으로 삭이며 동해의 파수꾼으로 서 있었다.

박 국장은 깎아지른 듯한 동도의 암벽을 쓸어내렸다. 거친 바위의 질감이 손바닥을 타고 전해지자, 과거 독도의 거친 파도를 헤치고 나갔던 선배들의 기억이 파도처럼 밀려들었다.

오랜 역사를 통해 독도는 두 가지 얼굴로 자신을 지켜왔다. 누구도 범접할 수 없게 몸을 둥글게 말아 세운 고슴도치의 우직함과, 어둠 속에서 눈을 번뜩이는 여우의 영특한 지혜로.

6.25 전쟁의 혼란 속에서 나라가 돌보지 못하던 시절, 홍순칠 대장을 포함한 33인의 독도의용수비대 대원들은 맨몸으로 독도를 지켜냈다. 무기도 부족하고 보급도 끊겼지만, 그들은 고슴도치처럼 독도에 붙어 떨어지지 않았다. 일본 순시선이 다가오면 가짜 대포로 위협하고, 굶주림 속에서도 바위틈에 가시를 박듯 버텨서 독도를 지켜냈다.

17세기 말, 어부의 신분으로 일본으로 건너갔던 안용복은 여우의 영민함을 보여주었다. 그는 호랑이 굴로 걸어 들어간 여우였다. 스스로 '울릉우산양도감세관(鬱陵于山兩島監稅官)'이라는 관직을 자칭하고, 복잡한 지리적 논거를 들이대어 일본 막부로부터 '독도는 조선의 땅'이라는 서계를 받아냈다.

생각이 여기에 이르자 박 국장은 서서히 감았던 눈을 떴다.

"안용복의 지혜와 의용수비대의 헌신, 어느 하나라도 없었다면 지금의 독도는 없었을 것이다."

선배들이 보여준 방식은 명확했다. 물리적 침탈에는 한 치의 물러섬이 없는 고슴도치의 가시로 맞서고, 명분과 기록의 싸움에서는 여우의 지혜로 상대를 압도하는 것.

박 국장은 그것이 앞으로도 계속될 독도 도발에 대해 우리가 구사해야 할 외교 전략의 뿌리임을 깨달았다. "흔들릴지언정 꺾이지 않는다"라는 신념 아래 어떤 도발에도 차분하고 단호한 대응능력을 갖추되, "소리 없는 천둥이 더 무섭다"라는 지혜를 되새기며 실효적 지배를 꾸준한 방법으로 공고히 해 나가는 전략.

박 국장은 수평선을 응시했다. 저 너머에 일본이 있었다. 그는 알고 있었다. 우리는 일본과 함께 가야 한다. 북핵 위기 앞에서 안보를 위해 손잡아야 하고, 경제적 번영을 위해 시장을 공유해야 하며, 문화를 통해 서로의 마음을 열어야 한다. 이웃한 두 나라가 등을 돌린 채 미래로 나아갈 수는 없다.

하지만, 영토와 역사는 다르다. 그것은 타협의 대상이 아니다. 거래할 수 있는 물건도 아니다. 그것은 우리의 존엄이자, 선조들의 피와 땀이 서린 영혼이다. 친구가 되기 위해 내

집 문패를 떼어줄 수는 없는 법이다.

"이익은 공유하되, 주권은 타협하지 않는다."

이것이 우리가 가야 할 길이다. 감정에 치우친 분노가 아니라, 차가운 이성과 치밀한 논리로 무장해야 한다. 국제법이라는 창과 방패를 들고, 역사의 등불을 밝혀야 한다. 그리하여 다시는 이 땅이 눈물 흘리지 않도록 해야 한다.

박 국장은 한국령(韓國領)이라 새겨진 바위를 어루만졌다. 차가운 바위의 감촉이 손끝을 타고 심장으로 전해졌다. 그곳에 먼저 간 박홍근 서기관의 열정이, 독도 의용수비대원들의 헌신이, 안용복의 기개가 서려 있었다.

"이제 그만 우셔도 됩니다."

그는 나직이 속삭였다. 그것은 독도에게 건네는 위로이자, 자기 자신에게 하는 다짐이었다.

"당신의 눈물은 우리가 닦겠습니다. 그리고 약속합니다. 당신이 흘린 눈물이 헛되지 않도록, 이 푸른 바다 위에 당신의 이름을 영원히 지켜내겠습니다.”

파도가 다시 한번 힘차게 솟구쳤다. 갈매기 떼가 하얀 날개를 펴고 비상했다. 구름 사이로 쏟아진 햇살이 독도의 젖은 몸을 따스하게 감싸 안았다. 비로소 독도의 눈물이 멈추고 있었다.

■ 참고문헌

『국제법론』 김대순, 삼영사, 2007
『생활속의 국제법 읽기』 정인섭, 일조각, 2012
『독도실록』 예영준, 책받, 2012
『The Dokdo / Takeshima Controversy』 Park Byoung-sup and Naito Seichu,
National Assembly Library, 2019
『불편한 동해와 일본해』 심정보, 영남대 독도연구소, 2017
『Historical Verification of Korea's Sovereignty over Ullengdo and Dokdo』
Song Byeong-kie, National Assembly Library, 2010

KI신서 16139
독도의 눈물 — 총성없는 전쟁

1판 1쇄 인쇄 2026년 2월 23일
1판 1쇄 발행 2026년 2월 27일

지은이 박희권
펴낸이 김영곤
펴낸곳 (주)북이십일 21세기북스

영업팀 정지은 장철용 강경남 황성진 김도연 이민재
제작팀 이영민 권경민
진행·디자인 다함미디어 함성주

출판등록 2000년 5월 6일 제406-2003-061호
주소 (10881) 경기도 파주시 회동길 201(문발동)
대표전화 031-955-2100 **팩스** 031-955-2151 **이메일** book21@book21.co.kr

© 박희권, 2026

ISBN 979-11-7357-839-7 (03810)

(주)북이십일 경계를 허무는 콘텐츠 리더

21세기북스 채널에서 도서 정보와 다양한 영상자료, 이벤트를 만나세요!
페이스북 facebook.com/jiinpill21 포스트 post.naver.com/21c_editors
인스타그램 instagram.com/jiinpill21 홈페이지 www.book21.com
유튜브 youtube.com/book21pub